아내를 닮은 도시

Ljubljana: Mesto, ki spominja na mojo ženo

걸어본다
04
류블랴나

아내를 닮은 도시

강병융 에세이

난다

걸어본다 04 | 류블랴나

아내를 닮은 도시

Ljubljana: Mesto, ki spominja na mojo ženo

초판 1쇄 발행 2015년 5월 30일
초판 3쇄 발행 2019년 2월 15일

지은이 강병융
펴낸이 김민정
편집 김민정
디자인 한혜진
마케팅 정민호 박보람 나해진 최원석 우상욱
홍보 김희숙 김상만 이천희
제작 강신은 김동욱 임현식
제작처 영신사
펴낸곳 난다
출판등록 2016년 8월 25일 제406-2016-000108호
주소 10881 경기도 파주시 회동길 210
전자우편 blackinana@gmail.com **트위터** @blackinana
문의전화 031-955-2656(편집) 031-955-8890(마케팅) 031-955-8855(팩스)

ISBN 978-89-546-3544-8 03810

○난다는 (주)문학동네의 계열사입니다.
○이 도서의 국립중앙도서관 출판예정도서목록(CIP)은 서지정보유통지원시스템 홈페이지(http://seoji.nl.go.kr)와 국가자료공동목록시스템(http://www.nl.go.kr/kolisnet)에서 이용하실 수 있습니다.
(CIP제어번호: CIP2018013653)

To knjigo sem posvetil svoji ženi in svoji Ljubljani.

This book is dedicated to my wife and my Ljubljana.

Contents

당신의 자리

1.

제가 있는 곳은 슬로베니아의 수도 류블랴나입니다. 류블랴나는 인구 30만이 안 되는 유럽에서 가장 작은 수도입니다. (슬로바키아가 아닙니다. 슬로베니아입니다! 러시아와는 꽤 멉니다.)

슬로베니아어가 이곳의 공용어입니다. 슬로베니아 사람들은 외국어에 능통합니다. 이웃나라의 언어를 잘하는 편이고, 특히 류블랴나에 살고 있는 사람들은 대부분 영어를 자유롭게 사용합니다. 상점, 거리에서 영어로 무언가를 물어도 전혀 어색하게 생각하지 않습니다. 하지만 러시아어는 전혀 통하지 않습니다. (그러나 언어 계통상 두 언어의 유사점은 무척 많습니다.)

슬로베니아의 이웃나라는 이탈리아(서), 오스트리아(북), 헝가리(북동), 크로아티아(남동)입니다. 이탈리아의 베네치아까지는 차로 두 시간

남짓, 크로아티아의 자그레브까지는 두 시간이 채 걸리지 않습니다. 오스트리아의 빈까지는 기차로 다섯 시간 정도면 갈 수 있습니다. 그리고 류블랴나에서 차를 타고 남쪽으로 한 시간 정도 가면 아드리아 해를 만나실 수 있습니다. 우리가 동유럽이라고 알고 있는 슬로베니아는 사실 유럽의 한가운데에 있습니다.

슬로베니아의 1인당 GDP는 3만 달러가 조금 넘습니다. 우리나라와 비슷한 수준입니다(2017년 기준). OECD 가맹국이며, EU 회원국이기도 합니다. 통화는 유로Euro입니다. 세계평화지수 보고서에 따르면, 슬로베니아는 세계에서 일곱번째로 평화로운 나라입니다(2017년 기준).

저는 이렇게 류블랴나에서 안전하고 평화롭게 살고 있습니다.

2.

저는 '국민' 학교 동창인 '토끼' 같은 아내와 결혼해서 함께 살고 있습니다. 첫사랑이라고 박박 우기고 있지만, 사실 어린 시절에는 서로 데면데면한 사이였습니다. 2000년대 초반 우리 사회를, 아니 우리 세대를 들뜨게 했던 '동창 찾아주기' 사이트를 통해 만났습니다. 3년간 (아주 보통의) 연애 끝에 결혼에 골인해 지금은 '여우' 같은 딸까지 함께 살고 있습니다.

저는 류블랴나 대학에서 한국문학을 가르치고 있고, 아내는 통번역 일을 하고 있고, 딸은 슬로베니아 초등학교에 다니고 있습니다.

저희는 이렇게 류블랴나에서 평화롭고 행복하게 살고 있습니다.

◆ 어떤 작가는 아름다운 아내와 아름다운 도시에 관해 쓰겠노라 큰소리를 쳤지만, 대부분의 시간은 프란코판스카 거리Frankopanska Ulica를 내려다보거나, 먼산과 높고 푸른 하늘을 바라보며 시간을 때웠다. 하긴 작업하기엔 창밖 풍경이 지나치게 사랑스러웠다.

3.

슬로베니아어 인명과 지명 표기에 있어 슬로베니아어 원래 발음에 최대한 가깝게 표기하고 싶었지만, 제게 쉬운 일은 아니었습니다. 그렇다고 한국에 슬로베니아어 표기에 대한 어떤 기준이 있는 것 역시 아닙니다. 그래서 국립국어원이 제시한 '세르보크로아트어 자모와 한글 대조표'를 참조했습니다. 슬로베니아어와 가장 유사한 소리를 내는 소리라는 판단에서 그랬습니다. 제 나름대로는 최선을 다해 표기해보았습니다. 하지만 실수가 있을 수 있습니다. 언제든 지적해주세요.

4.

이제, 평화로운 이 도시 류블랴나와 토끼같은 아내에 대해 조심스럽고도 성의 있게 몇 마디 해보려 합니다. 참, 이 여정의 동반자는 아내가 아닌 녹용군입니다. (이 책에 실린 사진의 저작권 및 초상권은 모두 녹용군에게 있습니다.)

2019년 2월 9일

강병융

25

누군가가 묻는다.

—좋아하는 숫자는?

별생각 없이 대답한다.

—2.

그 누군가가 다시 묻는다.

—이유는?

별생각 없이 다시 대답한다.

—2는 외롭지 않아서. 언제나 함께 있어서.

누군가는 석연치 않다는 표정이다. 별생각 없이 다시 말한다.

—2는 숫자 중에 가장 안정적! 혼자 서 있을 수 있는 유일한 숫자. 다른 숫자를 바닥 위에 세워둔다고 가정하면 1은 똑바로 세우기 힘들고 3은 뒤로 넘어지게 생겼고 4 역시 앞으로 꼬꾸라지게 생겼고 5도 둥근 바닥 때문에 힘들고 6, 7, 8, 9도 역시 혼자 서 있기는 역부족이고. 2는 확연히 다른 숫자와는 차별적!

누군가는 석연치 않다는 표정을 지을락 말락 한다. 그래서 별생각 없이 다시 말한다.

—그리고 미학적인 숫자. 곡선과 직선이 어우러진.

누군가는 계속 석연치 않은 표정을 짓고 있지만, 할 수 없다. 그냥 2가 좋으니.

아내에게 묻는다.

25

—당신이 가장 좋아하는 숫자가 뭐야?

아내는 잠시 고민을 한 뒤 이렇게 말한다.

—5.

그 이유를 묻자, 아내는 쿨(!)하게 이렇게 대답한다.

—그냥! 좋은 데 이유가 있나?

그렇지. 좋은 데는 이유가 없지. 그런 거지. 그래, 그게 맞는 거지.
아내는 내가 주절주절 늘어놨던 말을 한마디로 정리한다. 쿨하게!

걸어서 출근한다.
출근길에 버스 정류장을 지나간다. 정류장에서 숫자 25를 발견한다.
아하, 우리집 앞에 25번 버스가 지나가는군.

퇴근도 걸어서 한다.
퇴근길에도 같은 버스 정류장을 지나간다. 다시 한번 25를 본다.

◆ 사실, 티볼리 공원 버스 정류장은 버스 기다리기에 참 별로다. 유니언 맥주 공장에서는 호프 냄새가 솔솔, 정류장 바로 앞 빵집에서는 빵냄새가 폴폴, 그리고 건너편 공원에서는 계절의 냄새가 훌훌. 눈은 행복한데, 코가 불행하다.

아하, 우리집 앞에 25번 버스가 다녔지.

어제도, 오늘도, 내일도 25를 보고 또 본다.

그러던 어느 날, 이런 생각이 든다.

어, 왠지 익숙한 숫자인데. 매일 봐서 그런가?

아니다.

내가 좋아하는 숫자와 아내가 좋아하는 숫자의 조합, 25.

두 숫자가 나란히 서 있네.

이제, 25를 보면 반갑다.

나와 아내가 나란히 서 있구나.

그래, 내 뒤엔 항상 아내가 버티고 있지. (든든하게!)

아침저녁으로 25를 보다 어느 점심에 이런 생각을 한다.

그러고 보니 2를 뒤집으면 5가 되는구나!

그러고 보니 5도 2처럼 미학적인 구석이 있네. 곡선과 직선이 어우러진.

그러고 보니 두 숫자가 비슷하고도 다르구나.

그래, 어쩌면 아내도 나와 비슷하면서도 다르겠지.

무엇이 비슷하고 무엇이 다를까?

우리는 둘 다 걷는 것을 좋아하는데 다른 것은 무엇일까?

◆ 주택가인 비치-루드닉Vič-Rudnik의 한적한 거리. 차가 없어도 차도를 건널 때는 교통법규를 지켜야지. 결혼을 했어도, 사랑한다면 서로에게 예의를 지켜야지.

걸으며 아내를 생각한다.

그러고 보니,

류블랴나가 아내를 닮았구나.

아내가 류블랴나를 닮았구나.

류블랴나의 거리를 걸으면 아내 생각이 절로 난다.

그래서 거리를 걷고 또 걷는다.

그리고 아내에 대해, 류블랴나에 대해, 또 우리에 대해 쓴다.

류블랴나에 살고 있어 행복하다.

뭐라도 쓸 수 있어 행복하다.

무엇보다 아내가 있어 행복하다.

◎**Walking Sound Track**

〈Ready to Go〉 by **더 타이드**

자, 준비가 되셨다면 이제 가볼까요? 참, 더 타이드는 제가 좋아하는 슬로베니아 밴드입니다.

Alkohol_

물론 슬로베니아어로 '알코올, 술'이라는 뜻입니다.
그러고 보니 슬로베니아에 와서 술이 많이 줄었네요.

취중 거리

술에 취해 류블랴나 거리를 (터벅터벅) 걸었습니다. 류블랴나에서 처음으로 술을 많이 마신 날이었습니다. 제자리에서 (깡충깡충) 뛰었습니다. 500cc의 맥주를 여러 차례 한 번에 (벌컥벌컥) 들이켜기도 했습니다. 젊은이들과 어깨동무도 했던 것 같습니다. (덩실덩실) 춤도 췄습니다. (재잘재잘) 수다를 떨고, 농담을 주고받았겠지요. 술기운이 머리끝부터 발끝까지 (쫘악) 퍼졌을 즈음, 펍에서 나왔습니다.

그리고 어디론가 걸었습니다. 류블랴나의 밤거리는 어두웠습니다. 그래도 걷는 데는 문제가 없었습니다.

슬로베니아 대로를 거쳐, 기차역 앞까지 (느릿느릿) 걸었습니다. 아마도 천천히 (휘청휘청) 걸었겠지요. 골목 사이사이에서 (쌩쌩) 불어오는 류블랴나의 밤바람은 찼지만 걸음을 멈출 순 없었습니다.

한참을 걸은 뒤 이상한 마을에 도착했습니다. 꿈과 같았습니다. 한참을 둘러봐도 이상한 것들만 보였습니다. 거짓과 같았습니다. 기우뚱한 자세로 바라보는 이정표와 가로등. 녹색 바다를 (살랑살랑) 헤엄치는 오징어떼와 문어들, 해파리들. 높이 솟아오른 초록 분수를 빤히 바라보는 나체의 남성, 그리고 적당히 부서진 건물의 벽. 공중을 (두둥실) 부유하는 머리 큰 귀염둥이 외계인들. 시커먼 벽에 (옹기종기) 붙어 있는 새하얀 정체불명의 생명체들. 익살스럽고도 수다를 떠는 유령 비슷한 그 무엇들. 그런 것들이 보였습니다.

아내가 커다란 문을 밀고 클럽 안으로 들어갔습니다. (후다닥) 달려가 춤을 권했습니다. 하지만 아내는 (휙) 사라졌습니다.

이상한 마을 (구석구석) 아내를 찾아 헤맸습니다. 아내는 보이지 않았고, 어디선가 (깔깔) 소리가 계속 들렸습니다. 누군가의 권유로 술도 (거푸거푸) 더 마셨던 것 같습니다.

마을 입구에서 서성이는 아내를 다시 발견했습니다. 아내를 향해 쏜살같이 뛰었습니다. 다가가면 아내는 (스르륵) 멀어졌습니다. 빨리 가면 더 빨리, 천천히 가면 더 천천히, 그렇게 아내는 거리를 유지했습니다.

아내는 마을을 빠져나갔습니다. 그리고 어딘가를 향해 (총총총) 걸었습니다. 다시 기차역을 지났습니다. 첼로브슈카Celovška 대로를 따라 걸었습니다. 유니언union 맥주 공장도 지났습니다.

그렇게 아내를 따라 걸었습니다. 바람이 (씽씽) 부는 류블랴나의 가을밤 대로를 걸으며 레나타 수이사이드의 〈경성연가〉를 흥얼, 아니 중얼거렸습니다. 언제부턴가 술에 취하면 그 노래가 머릿속에서, 귓가에서 (맴맴) 무한 반복 재생되었습니다. 아마도 그리움 때문이겠지요. 그렇게 아내를 (졸졸졸) 따라 집까지 왔습니다. 머리가 (빙빙) 어지러웠습니다.

집에 도착해서 아내에게 〈경성연가〉를 멋들어지게 불러주고 싶었지만, 그 노래는 너무 어려웠습니다. 사실 〈경성연가〉를 제대로 부르는 것은 불가능한 일입니다.

그래서 다른 노래를 불렀습니다. 아내가 좋아하는 노래를 불렀습니다. 연애할 때 몇 번인가 부른 적이 있는 노래였습니다. (부르르) 떨리는 목소리로 노래를 시작했습니다.

부르면서 생각해보니, 노래의 첫 소절처럼 이 노래를 부를 때는 '늘' 취했었고 '늘' 실수를 했던 것 같습니다. 그리고 아침이면 까마득히 생각이 안 나 '늘' 불안했던 것 같습니다.

다음날 아침. 방안은 예상대로 술냄새로 그득했습니다. 역시 짐작대로 머리가 무척 아팠습니다. 하지만 되도록 안 아픈 척했습니다. 속도 무지하게 안 좋았습니다. 역시 아무렇지도 않은 척 웃어보였습니다.

하지만 헷갈리기 시작했습니다. 어제 봤던 것이 진짜인지 환상인지 기억이 나지 않았습니다. 어제 진짜 노래를 들었는지, 어제 진짜 노래를 불렀는지 도무지 기억이 나지 않았습니다. 아내를 만났던 곳이 어디인지 기억이 나지 않았습니다. '그' 이상한 마을에 왜 갔었는지도 전혀 기억이 나지 않았습니다.

기우뚱한 자세로 바라보는 이정표와 가로등, 녹색 바다를 헤엄치는 오징어떼의 문어들, 해파리들. 높이 솟아오른 초록 분수를 뻔히 바라보

◆ 메텔코바는 낮과 밤이 너무 달라서 좋다. 낮에는 시골소녀 같고, 밤에는 도시소년과 같다. 극명하게!
◆◆메텔코바는 취중과 '비' 취중이 너무 달라서 좋다. 취중에는 벽에 그려진 캐릭터들이 떠들며 춤을 추고, '비' 취중에는 그들이 아무 말도 없이 당신을 관찰할 것이다.

는 나체의 남성, 그리고 적당히 부서진 건물의 벽. 공중을 부유하는 머리 큰 귀염둥이 외계인들. 시커먼 벽에 붙어 있는 새하얀 정체불명의 생명체들. 익살스럽고도 수다를 떠는 유령 비슷한 그 무엇들. 그리고 무엇보다도 나타났다 사라졌다 다시 나타나서 집까지 인도했던 아내의 모습이 진짜였는지 가짜였는지 혼란스러웠습니다.

그렇게 시간이 흘렀습니다. 그리고 몇 개월 전 슬로베니아 민족학 박물관을 본 뒤, 집으로 오는 길에 우연히 '이상한 마을'을 다시 발견했습니다. 그 마을 안으로 슬며시 들어가보았습니다.

이상하게 기울어진 표지판과 가로등이 서 있었고, 녹색 건물 벽에는 오징어와 문어가 그려져 있었습니다. 분수 모양의 조형물도 있었고, 허물어진 벽과 볼품없는 조각품도 서 있었습니다. 외계인으로 보이는 조형물이 건물 앞에 매달려 있기도 했고, 검은 벽에 하얀 뼈들을 그려놓은 것도 보였습니다. 우스꽝스러운 유령 그림이 가득한 건물도 있었습니다.

마을 주민(?)에게 물어보았습니다.

—여기가 어디지요?

젊고, 자유로워 보였으며, 마약에 찌들어 있다고 해도 이상하지 않을 주민이 이렇게 대답했습니다.

—메텔코바Metelkova!

그 이상한 마을의 이름은 '메텔코바'였습니다. 주민은 단답형으로 대답했습니다.

이름을 듣고 마을을 구석구석 살펴보았습니다. 건물 하나하나를 간판 하나하나를 유심히 살펴보고 마을을 빠져나왔습니다.

기차역을 지나 첼로브슈카 대로를 따라 걸었습니다. 유니언 맥주 공장도 지났습니다. 어느샌가 〈경성연가〉를 흥얼거리고 있었습니다.

집에 와서 검색을 해보니 메텔코바는 류블랴나에서 아주 특별한, 무척이나 개성 있는 곳이었습니다. 혹자는 젊음의 장소라고 했고, 혹자는 환락과 혼돈의 상징이라고 했습니다. 극찬을 하는 사람들도 있었고, 비난을 퍼붓는 사람들도 있었습니다. 예술적인 곳이라고 말하는 사람들도 있었고, 지저분하고 정신없는 곳이라고 출입을 자제하는 것이 좋다는 사람들도 있었습니다. 확실한 것은 '비' 류블랴나적인 곳이라는 사실이었습니다.

크고 따뜻한 류블랴나가 작고 개성 있는 메텔코바를 감싸안고 있다는 생각이 들었습니다. 메텔코바가 류블랴나 안에 존재하는 이유는 어쩌면 류블랴나의 아량 때문인지도 모르겠습니다만,

그날 밤.

아내의 품에 안겨 난 메텔코바가 된 것 같은 느낌을 받았습니다.

기분이 나쁘진 않았습니다. 오히려 썩 좋은 편이었지요.

아내를 메텔코바에서 봤다고 얘기하지는 않았습니다.

◎Walking Sound Track

〈경성연가〉 by 레나타 수이사이드

누군가 혹은 무언가 또는 어딘가가 그리울 때 듣는 노래.

Breg_

슬로베니아어로 '강가, 호숫가, 해변'이라는 뜻입니다.
슬로베니아에는 피란Piran이라는 작고 아름다운 해변 도시(혹은 마을)가 있습니다.

그렇게 한번, 꼭!

외부 사람들은 피란Piran 안에서 자동차를 몰 수 없어. 그러니까 차를 주차장에 세워두고 걸어가서 마을을 구경해야 해. 여유롭게 걸으면서 해변도 볼 수 있고, 골목골목 구경하는 것도 재미있어. 가보면 알겠지만 베네치아처럼 좁은 골목이 많아서 차를 타고 가도 제대로 보려면 걸어야 해. 외부 차량은 안으로 들어갈 수도 없고.

피란은 도시라기보다 작은 마을에 가까워. 그래서 하루 코스로 딱 좋은 것 같아. 근처에 주차장이 몇 개 있는데 이곳저곳 가보니 여기가 가장 좋더라. 여기에 주차하자.

아, 저거? 마을 순환버스야. 저걸 타도 괜찮아. 무료거든. 주차장에서 타르티니Tartinijev 광장까지 계속 왕복을 해. 하지만 갈 때는 해변을 따라 걷는 것이 더 좋은 것 같아. 날씨도 좋은데.

어때? 괜찮지? 사람도 모래도 없는 해변을 여유롭게 걷는 느낌이 색다르지 않아? 저기 봐! 책을 읽다가 수영도 하고, 수영을 하다가 벤치에 앉아 또 책을 읽고. 우리나라에서는 도무지 볼 수 없는 모습들이지. 그래도 지금은 여름이니 사람이 꽤 많은 편이야. 겨울의 피란은 더 한적하고 이국적이더라. 횟집 없는 바닷가!

저기 보이는 건물이 피란 박물관이야. 피란에만 박물관이 서너 개가 있다고 들었어. 내가 가르치는 학생의 어머니가 저 박물관에서 큐레이터로 일하셔. 슬로베니아가 진짜 작긴 작지? 한 다리 건너면 다 아는 사람이라니깐. 저 박물관에 한국 관련 자료도 있더라. 불한사전을 편찬한 샤를 알레벡이라는 프랑스 사람이 만든 한글 엽서가 있거든. 한국에도 그 엽서를 수집하는 사람들 있는데 소장가치가 좀 있나봐. 제법 높은 가격으로 거래도 된다고 하더라고. 저 박물관에서 그걸 소장하고 있더라고. 그 엽서는 도대체 어떤 경로로 슬로베니아까지 흘러들어오게 되었을까?

저기 보이는 곳이 피란 중심가야! 아담하고 예쁘지? 류블랴나와는 완전히 다른 느낌이잖아. 여기도 당연히 슬로베니아지만 문화적으로는 이탈리아와 더 가깝다고 할 수 있어. 베네치아와 아주 흡사하잖아. 어떤 사람들은 문화적으로나 역사적으로, 이탈리아는 물론이고 오히려 슬로베니아보다는 스페인에 더 가깝다고 하더라고.

여기가 아까 말한 타르티니 광장이야. 계란 모양으로 생겼어. 나중에 위에서 보면 정확히 알 수 있을 거야. 예전에는 이 광장을 시내 주차장으로 썼다고 하더라. 지금은 차 없는 광장이 되었지. 이렇게 좋은 곳을 주차장으로 썼다니.

저 동상의 주인공이 주세페 타르티니Giuseppe Tartini야. 이 광장이 상징적인 주인이라고나 할까?

타르티니는 피란에서 태어났어. 그 당시 피란은 베네치아 공화국의 땅이었대. 이 친구는 법학을 전공했는데 음악, 펜싱 등에 다재다능했던 천재였나봐. 작곡도 하고 바이올린 연주도 꽤 잘했대. 손에 바이올린 들고 있는 거 보이지? 그러니까 한마디로 이 지역 출신의 '유명' 음악가야. 〈악마의 트릴Il Trillo del Diavolo〉이라는 곡이 아주 유명하대.

아, '트릴'? 트릴은 일종의 꾸밈음인데 으뜸음과 2도 차이 위의 음을 떨듯이 빠르게 연주하는 것이래. 곡을 들어보면 "아, 이게 트릴이구나!" 싶어. 트릴이 뭔지 모르는 사람도 바로 알 수 있어.

〈악마의 트릴〉은 타르티니가 꿈에서 악마를 만나서 쓴 곡이래. 그래서 〈악마의 트릴〉이야. 꿈속에서 악마와 검은 계약을 해서 쓴 곡! 꿈에서 악마의 음악을 듣고 일어나자마자 바로 받아 적었다나? 그런데 타르티니 왈, 꿈에서 들은 곡보다 옮겨 적은 곡이 좋지 않았다나 뭐라나? 그래서 심지어 실망까지 했대. 참 나!

나도 잠 좀 많이 자서 꿈에서 악마 좀 만나보려고. 악마랑 계약해서 명작 좀 써보게. 그러면 나중에 서울에 내 동상을 세워주려나? 아니면 류블랴나에 세워주려나?

저기 동상 뒤에 있는 건물이 피란 시청이야. 그 옆에 있는 건 관광객을 위한 안내 센터야. 재미있는 것은 피란의 시장이 흑인이란 점이야. 듣기로는 유럽에서 유일한 흑인 시장이라고 하던데 한번 만나보고 싶기도 해.

난 가서 지도 한 장 받아 올게.

역시 사람들이 친절하네. 자, 바닷가 쪽으로 걸어볼까?

저기 검은 돛이 달린 배들 있지? 그거, 해적선이래. 좀 지저분한 배들 말이야. 아직도 이 지역에 무시무시한 해적이 있는 건 당연히 아니고 일종의 관광 상품이지. 사람들이 원하면 저 배를 타볼 수도 있어. 안에는 해적 역할을 하는 사람들도 있다나봐. 근데 별로 당기지는 않지?

난 이 길이 참 좋더라고. 바다가 바로 옆에 있는 느낌이랄까? 바다와 함께 걷는 느낌이랄까? 왼쪽에는 바다, 오른쪽에는 마누라! 바닷물도 참 깨끗하잖아. 우리가 저쪽에서부터 쭉 걸어온 거야.

아드리아 해는 이상하리만큼 거친 느낌이 없어. 항상 따뜻할 것 같아. 오늘따라 햇살이 더 좋다.

이 길의 끝까지 해산물 레스토랑들이 쭉 있어. 가격도 맛도 큰 차이가 없다고 하더라고. 두세 군데 가봤는데, 종업원들도 다 친절했던 것 같고.

여기에 갈까? 어차피 여긴 회는 없으니깐 그냥 모둠 해물요리를 시킬까? 꽤 다양한 것들이 나와. 오징어, 생선, 새우튀김, 로브스터 같은 것들. 그리고 감자튀김도 좀 시키고. 괜찮겠지?

어때? 나쁘지 않지? 그렇게 싼 편은 아니지만 이렇게 아름다운 바다를 배경으로 한 끼를 먹었으니 이 정도는 내야 하지 않을까? 회가 있었다면 훨씬 좋았겠지만. 매운탕이랑 소주 생각나네. 너무 대한민국 아저씨스럽나?

피란 만을 지도에서 보면 마치 손가락이 바다를 향해 무언가를 가리키는 것처럼 생겼어. 지금 우리가 서 있는 여기가 손가락의 끝부분이지. 손톱 위라고 할까.

길이 끝난 것처럼 보이지만 살짝 오른쪽으로 돌면 다시 길이 이어져.

Zala

이어진 길에 레스토랑은 없지만 크고 작은 카페들이 있지. 아이스크림도 사 먹고 커피도 사 마시고. 저렇게 아무데나 앉아서 책을 읽는 사람들도 있고.

저 끝에 가면 수영하는 사람들도 꽤 있어. 그래봐야 열댓 명 될까? 맞지? 저기 수영하는 사람들 보이지? 모래사장도 없는데 저렇게 즐기는 것이 난 좀 신기하더라. 저거 봐, 진짜 수영 잘한다.

이제 더이상 걸을 수 있는 길은 없어. 걸을 수 있는 해변이 끝났어. 이제 골목 사이로 가야 해. 좁은 골목이 딱 베네치아 느낌이지? 건물들도 그렇고. 저거 봐, 저 건물엔 아예 베네치아 공화국 때 지은 건물이라고 쓰여 있잖아.

이 길을 따라 올라가면 다시 바다를 볼 수 있어. 쭉 따라 올라가면 성 게오르기우스 성당Župnijska cerkev svetega이 나오거든. 꽤 큰 성당이야. 성당 안에 들어가면 건물 꼭대기까지 갈 수 있어. 무려 146개의 계단을 올라야 한다나.

성당 뒤편으로는 시원하게 아드리아 해가 보이고, 성당 앞쪽으로는 피란 시내가 잘 보여. 완전 전망대야.

와! 주홍색 지붕들 너무 예쁘다. 피란이라는 지명이 그리스어 '피라노pyrranos'라는 말에서 온 거라는 주장이 있어. 일종의 설說이지. '피라노'가 '붉은'이라는 뜻이라고 하더라고. 그러니까 이곳에 붉은색으로 만든

◆ 피란의 프레셰렌 해변길Prešernovo nabrežje을 걷다가 아무 식당에나 들어가면 맛있는 생선요리를 맛볼 수 있다. 그리고 아무 때나 그 길을 걷다보면 맛있는 바닷바람도 맛볼 수 있다. 물론 바닷바람이 훨씬 더 맛있다.

집들이 많아서 그렇다는 주장인데 사실 유럽에는 붉은색 지붕의 집들이 아주 흔하잖아. 류블랴나도 위에서 보면 붉은 지붕 천지잖아.

저기 붉은 지붕 사이로 아까 본 광장 보이지? 위에서 보니까 정말 달걀 모양 맞지? 새하얀 광장 바닥도 여기서 보니 훨씬 아름답다.

저기 성당 뒤편으로 가보자. 저 바다 건너에 베네치아가 있대. 이탈리아가 바로 코앞이라는 말이지. 베네치아와 피란을 왕복하는 배도 있다고 하더라. 언젠가 배를 타고 바다 건너편으로 가보는 것도 재미있을 것 같지 않아? 배를 타고 가는 이탈리아라!

아, 저거? 저건 바로 피란 성벽이야. 꽤 멀어 보이지만 실제로는 여기서 별로 멀지 않아. 오르막길이긴 해도 걸을 만해. 슬슬 걸어가볼래? 성벽에 올라가서 보면 더 멋진 풍경들이 기다리고 있어.

여기로 들어가야 해. 그러면 안으로 들어가서 성벽에 올라갈 수 있어. 돈은 내야 하는데 매표소가 없어. 그냥 저 작은 회전문으로 들어가야 해. 어, 저 기계에 1유로짜리 동전 하나 넣고 들어가는 거야. 1유로짜리 동전이 없으면 못 들어가.

내가 먼저 간다. 여기에 1유로를 넣고 문을 밀면 입장! 환전소도 없어. 그래서 동전을 하나만 넣고 둘이 들어가는 사람도 무지하게 많아. 우리 뒤에 저 사람들도 동전이 없어서 못 들어오고 그냥 서 있잖아.

그래서 그런지 막상 안에 들어오면 사람이 별로 없다니깐. 정말 이상할 정도로 사람이 없어.

자, 성벽 위로 올라가보자. 계단이 좁고 가파른 편이니까 조심해서 올라와.

저 아래 봐라. 아까 수영하던 사람들이 저 밑에 보이지? 여기서 보니까 바다가 더 평화로워 보인다. 하늘색도 더 좋은 것 같고. 물이 정말 깨끗하구나. '야호'라도 한 번 외쳐야 할 것 같은 분위기야.

야호!

이 방향으로 쭉 가면 로마, 이쪽은 류블랴나, 이 방향은 자그레브. 마치 피란이 유럽의 중심인 것 같아. 경치가 진짜 좋아. 여기서 보면 아까 봤던 올드타운 전경이 다르게 느껴져. 주홍색 지붕들이 많긴 많다. 여기서 사진 찍으면 딱이겠다. 자, 거기 서봐.

저기 좀 봐. 완전 잔디 구장이야. 이렇게 멋진 잔디 구장이 쓸쓸하게 놀고 있다니. 동네 축구장치고는 너무 좋은데. 위치는 제주 월드컵경기장만큼 멋진걸.

이제 슬슬 내려가자. 계단 내려올 때 조심해. 머리도 조심하고. 어때? 1유로 내고 볼만하지? 잠깐 저기 앉아서 쉬었다 가자. 당신은 벤치에 앉아. 난 잔디에 앉을래. 여기 누워서 한숨 자고 싶네. 이렇게 아름다운 곳에 이렇게 사람이 없어도 되는 건가.

나갈 때도 저 회전문으로 나가면 돼. 저 사람들 동전 없어서 아직도 저기에 서 있네.

저기 주차장 보이지? 저기가 피란에 사는 주민들 주차장이거든. 주차장 뒷길로 가면 다시 광장으로 내려갈 수 있어. 관광객은 모르는 길이지.

동네가 무지하게 조용해. 이 길로 가면 관광객들은 보기 힘든 피란의 골목 구석구석을 더 제대로 볼 수 있어. 저거 봐. 사람들이 정말 살고 있지? 아줌마 손 흔드신다. 저 꼬마들 봐라. 아이스크림 다 녹는다, 녹아.

여기 집값이 의외로 꽤 비싸대. 류블랴나에 사는 부자들이 휴가나 주말에 여기 와서 지내려고 집을 좀 사고 그러나봐. 일종의 별장 개념인가봐. 그래서 평소에는 빈집이 많대. 겨울에는 꽤 스산한 분위기가 느껴지더라고.

저기 보이는 곳이 광장이야. 아까 봤던 타르티니 동상 보이지? 시청도 보이고. 더운데 아이스크림 하나 먹고 갈까?

저기 보이는 카페로 가자. 하하하. 저 종업원이 날 기억하네. 전에 왔을 때 슬로베니아어로 주문을 했더니 신기해서 기억하나봐. 아니면 내 얼굴이 너무 신기하게 생겨서 기억하려나. 하긴 슬로베니아어로 주문하는 이렇게 생긴 동양인이 흔치는 않겠지. 전에 일본인이냐고 물어보기에 한국 사람이라고 했더니 그것까지 기억하고 있어. 기억력이 좋은 건가? 손님이 없는 건가?

여기 진짜 웃긴 아이스크림도 있다. 박카스맛 아이스크림! 여기식으로 말하자면 레드불스맛 아이스크림! 당연히 비추지! 피곤하면 한번 먹어보든가.

아, 바람이 살랑살랑 좋다. 저기 보이는 건물 있지? 빨간 건물. 피란에서 가장 예쁜 건물이래. 어때? 예뻐? 예전에 베네치아의 어떤 부자가 피란의 어린 아가씨와 사랑에 빠졌는데 사랑의 징표로 만들어준 건물이라나? 그 부자는 피란에 가끔 와서 아가씨와 사랑을 나눴겠지. 저 예쁜 건

◆ 푸스테르라Pusterla를 걷다보면 관광객과 현지인의 중간 정도가 되어버린 느낌이 든다. 오묘하게도 슬로베니아와 이탈리아 중간쯤 서 있는 느낌이랄까.

Breg

물 안에서.

그러니까 부자가 바람피우기 위해서 만든 집이지. 내가 보기엔 그 옆의 연두색 건물이 훨씬 예쁘구만. 그래도 부럽다. 사랑하는 사람을 위해 바닷가에 집 한 채 지어줄 수 있는 능력!

주차장까지 돌아갈 때는 버스 타고 가자. 버스 타보는 것도 재미있잖아. 당신 좀 피곤해 보이는데. 이런 버스는 류블랴나에서는 볼 수 없는 버스잖아. 사람도 많지 않고 좋아.

주차비가 꽤 많이 나왔지? 그래도 베네치아에 비하면 얼마나 현실적이야. 거의 하루종일 주차해두었는데. 가는 길에 목 좀 축이게 음료수 좀 뽑자. 달달한 것도 먹고 싶으면 좀 사고.

동전 있어? 바다 보고 나니 기분이 좀 좋아졌어?

류블랴나도 좋지만 가끔 바닷바람 맞는 것도 좋지? 걸을 수 있으니 더 좋은 것 같아. 가끔은 걸을 수 있다는 것이 얼마나 좋은지 몰라. 두 다리에게 감사해야지. 손잡을 수 있는 것도 감사하고. 그리고 오늘은 특히 나한테 감사해주길!

다음에는 크로아티아 쪽으로 가보자. 같은 아드리아 해인데 크로아티아의 바다는 또다른 느낌이라고 하더라고.

나? 운전? 안 피곤해. 류블랴나까지 두 시간이면 가는데 뭐. 당신 피곤하면 눈 좀 붙여. 자, 출발!

*

사실 몇 차례 아내와 함께 피란에 갈 기회가 있었다. 하지만 이런저런 이유로 그 기회를 제대로 잡지는 못했다. 나는 학교 일로 슬로베니아 동료들과 함께 피란에 갈 때마다 그들이 하는 말을, 그들이 걷는 길을 주의 깊게 듣고 또 익혔다.

그리고 이렇게 결심했다. 언젠가 바다를 좋아하는 아내와 함께 피란의 아름다운 골목을 누비게 될 날이 온다면 마치 가이드가 된 양 이것저것 설명해줘야겠다고. 손을 잡고 걷는 것도 잊지 말아야겠다고.

아내가 모르는 것들에 대해 내가 아는대로 전해주고 싶다는 생각을 했다. 그리고 따뜻하게.

정말,

그렇게 한번 해보고 싶었다.

그렇게 한번 해주고 싶었다.

함께 걸으면서.

손을 잡고서.

물론, 바다를 보면서.

그리고 다행스럽게 얼마 전에 정말로 '그렇게' 했다!

◎Walking Sound Track

〈악마의 트릴〉 by **주세페 타르티니**

타르티니의 고향에서 타르티니를 들어보세요!

Cesta_

슬로베니아어로 '길'이라는 뜻입니다.
슬로베니아에는 큰길cesta과 작은 길ulica이 있습니다.

빈으로 가는 길

한국에서 '긴고랑로19길'이라는 기묘한 이름의 길 위에서 산 적이 있다. '긴고랑'이라는 말은 아차산의 가장 높은 봉우리인 용마봉에서 내려오는 골짜기가 너무 길다는 뜻으로 붙여진 명칭이라고 한다.

하지만 내가 살던 곳에서는 골짜기의 기운을 전혀 느낄 수 없었다. 그 어딘가에 '짧은고랑길'이 있을지는 모르겠지만, 얼마나 긴지 알 수도 없는 고랑길 위에 살고 있다는 것이 전혀 실감나지 않았다. 그래서 마음에 들지 않았다. 더군다나 내가 살던 곳은 용마봉에서도 꽤 먼 편이었다. 여러모로 별로였다. 길 말고, 길 '이름' 말이다.

긴고랑 '길'이라는 말 대신, 굳이 긴고랑 '로路'라고 명명하는 것도 영 별로였다. 왜 '길'이라는 말을 두고 '로'를 선택했을까? '긴고랑'이 순우리말이니 그 뒤에는 길이라는 말이 훨씬 어울릴 터인데 결국 "긴고랑 '로' 19 '길'"은 마치 '역 전前 앞'과 크게 다르지 않은, 같은 말이 반복되는 요상 망측한 명명법이라는 생각이 들었다.

이 역시 실망스러웠다. 하필 내가 사는 길 이름이 이 모양이라니, 아니 도대체 누가 주민들의 허락도 없이 동네 이름을 이따위로 만들어버렸나!

게다가 어느 날 동네를 돌아다니다가 내가 살던 데에서 꽤 먼 곳에서 '긴고랑로49길'을 발견한 뒤에는 절망에 빠졌다. 같은 이름의 길이 이렇게 많다니. '19길'로도 충분히 많다고 생각했었는데, 무려 '49길'도 있다니.

나는 그 길 위에서의 삶에 비교적 만족했음에도 그 기묘한 이름만은 영 마음에 들지 않았다.

정체성이라고는 눈곱만큼도 찾아볼 수 없는, 택배 회사 직원들과 우체국 직원들을 무지하게 괴롭혔던, 결국 택배나 소포를 자주 받았던 나를 못살게 했던 도로명이 더럽게 마음에 들지 않았다.

불편함도 무척 싫었지만 사실 그것보다 더 싫었던 것은 무의미함이었다. 그 생각 없음이 싫었다.

류블랴나에는 마음에 드는 길이 있다.

아니, 마음에 드는 길 이름이 있다.

Dunajska cesta.

한국식으로 발음하면, 두나이스카 체스타.

슬로베니아어로 'Dunaj(두나이)'는 오스트리아의 수도 빈이다. 두나이를 여성형 관형사형으로 바꾼 것이 두나이스카Dunajska이고, 'cesta(체스타)'는 큰길이라는 의미니까 억지로 한국어로 바꿔보면, '빈으로 가는 길' 정도 되겠다.

◆ 두나이스카 대로는 류블랴나를 대표하는 대로 중 하나인데, 이름 빼곤 다 평범하다. 어디서나 볼 수 있는 매력 없는 그저 그런 대로.

'빈으로 가는 길', 그 이름 참 마음에 든다.

이 길은 류블랴나 시내로부터 북동쪽으로 쭉 뻗어 있다. 류블랴나에 몇 안 되는 대로 중 하나이다. 이 길을 따라가다보면, 종국에 빈을 만나게 된다고 한다.

직접 지도를 펼쳐 길을 따라 쭈욱 가보니 정말 그럴 것도 같다.

길의 이름이 길의 정체성을 고스란히 보여주고 있다.

길의 이름이 길이 지향하는 바를 뚜렷하게 보여주고 있다.

길의 이름이 참 마음에 든다.

'빈으로 가는 길'을 걸을 때마다 모스크바에는 없는 모스크바 기차역이 생각난다.

서울에는 서울역이 있지만, 모스크바에는 모스크바 기차역이 없다. 대신 모스크바 기차역은 러시아에서 두번째로 큰 도시인 상트페테르부르크에 있다. 모든 역이 다 그런 것은 아니지만, 러시아에는 소재지가 아닌 행선지의 이름을 딴 기차역들이 꽤 있다. 그러니까 모스크바에는 모스크바 기차역이 없고, 상트페테르부르크에는 상트페테르부르크 기차역이 없다. 대신 상트페테르부르크에 있는 모스크바 기차역에서 기차를 타면 모스크바에 갈 수 있다.

출발지가 아닌 도착지의 이름을 딴 역 이름.

내가 '지금' 있는 곳이 아닌, 내가 '앞으로' 갈 곳을 일러주는 역 이름.

내게 '빈으로 가는 길'도 그렇다.

멀지만 이 길의 끝에 무엇이 있는지 일러주는 것이 꼭 마음에 든다.

영원히 걸어도 데레킨에는 도착할 수 없는 '베레단도' 보다는 언젠가는 빈을 만나게 해줄 '빈으로 가는 길'이 훨씬 좋다.

누군가에게는 이 길이 너무 평범해서 시시할지도 모른다. 적당한 높이의 빌딩들이 드문드문 서 있고, 차가 많이 다니는 대로인 만큼 간혹 주유소가 보이고, 가로수도 심심치 않게 눈에 띄고, 일정한 거리를 두고 버스 정류장이 나타나고, 레스토랑과 키오스크kiosk가, 자전거 도로가 있는 그런 흔한 길을 걸으며 난 생각한다.

정말 이 길의 끝에 이 길 이름처럼 빈이 있을까?

그럼 내 길의 끝에는 무엇이 있을까?

길을 걷고 싶게 하는 건 멋진 포장이 아니다. 화려한 조명도 아니다.

때론 그저 소소한 이름만으로도 그 길이 충분히 매력적일 수 있다.

단순하더라도 그 안에 어떤 의미가 담겨 있다면 말이다.

◎Walking Sound Track

〈Breeze in My Mind〉 by 유니스 황

너와 함께 걸을 때, 바람도 살랑살랑 불었으면 좋겠다.

◆ 평범한 두나이스카 대로에서 아무렇지도 않게 만날 수 있는 의미 없는(?) 잔디밭. 대로 옆 잔디와 나무 벤치가 너무나도 사랑스럽습니다.

Če_

슬로베니아어로
'만약'이라는 뜻입니다.

절대

류블랴나 중앙시장에 다녀오는 길, 보드닉 광장 앞.

양손에 무언가를 바리바리 들고, 초라한 노년을 보내고 있는 한 남자에 대해 이야기를 나눴다.

나 : 나도 늙으면 그 사람처럼 추해지겠지? 흑흑.

아내 : 당신은 '절대' 그렇게 되지 않을 거야!

나 : 그래도 '만약' 이라는 것이 있잖아.

아내 : '만약' 은 '절대' 없어!

나 : 왜?

아내 : 내가 그렇게 되도록 '절대' 놔두지 않을 테니까. 절! 대!

그날, 시장 길 앞 붉고 아름다운 꽃들을 여전히 생생하게 기억하고 있다.

아름다웠다.

그날은 6월 28일, 우리의 결혼기념일이었다.

◎Walking Sound Track

〈내가 꿈꾸는 그곳〉 by 윤진서

내가 꿈꾸는 그곳은 나의 '님'이 계신 곳, 시장이라도 괜찮아요. 함께라면.

Dinozaver_

슬로베니아어로 '공룡'이라는 뜻입니다.
류블랴나에는 '공룡'이 아닌, 그냥 '용zmaj'이 많습니다.

용보다 공룡

슬로베니아 친구가 물었다.

—그 인형은 뭐야?

내 손에 든 녹색 인형을 보고 한 질문이었다.

—아, 요즘 류블랴나에 대한 에세이를 쓰고 있거든. 그래서 책에 함께 실을까 하고 류블랴나 사진도 찍고 있는데, 풍경만 찍으면 심심하니까 이 인형도 함께 찍고 있어. 그럼 더 재미있을 것 같아서.

인형 사진을 몇 장 보여주자 친구가 말했다.

—재미있네. 류블랴나의 상징이 '용' 이라서 '용' 인형을 찍는구나. 정말 귀엽다. 이름이 뭐야?

일단 나는 '용' 이 아니고 '공룡'이라고 정정했다.

용이라.

그렇다. 류블랴나의 상징은 용이고, 도시 곳곳에서 용을 만날 수 있다.

하지만 개인적으로 류블랴나 용의 전설은 영 별로다. 이아손과 아르고 원정대의 이야기에 류블랴나 용이 등장한다는 것인데, 왕이 되기 위해 황금 양털의 나라인 콜키스에서 황금 양털을 훔쳐야 했던 이아손이 임무를 완수하고 귀국길에 류블랴나를 거쳤다는 것이다. 이아손 일행은 류블랴나 근처에서 거대한 습지대를 지나게 되는데, 그 습지에는 무시무시한 괴물이 살았다고 한다. 그 괴물이 바로 '류블랴나 용'이고, 이아손은 혈투 끝에 이 용을 멋지게 무찌르고 여정을 이어갔다나.

그런데 왜 희생당한 용이 류블랴나의 상징이 되었는지 나로서는 이해가 되지 않는다. 류블랴나를 지키는 용이 도시를 지키기 위해 이아손 '일당'을 쳐부쉈다면 모를까.

영웅 이아손을 이기기 어려웠다면 돌아가라고 설득할 수도 있었을 텐데, 아니면 이아손에게 "조강지처(메데이아)를 버리면 나중에 큰 화를 입는다"고 충고를 해줬다면 더 멋지고 좋았을 텐데, 그랬다면 이아손과 아르고 원정대의 이야기는 물론이고 그리스신화의 대폭 수정이 불가피했겠지만.

용과 류블랴나의 상관관계에 관한 좀더 현실적인 설명으론 이런 것도 있다. 류블랴나 지역에서는 오래전부터 용의 용맹함과 강인함을 종교적, 문화적 상징으로 사용해왔었고, 시市와 이 지역의 맥주, 담배 제조사 등의 기업들, 그리고 류블랴나 연고의 스포츠 구단들이 용을 상징으로 쓰며 그 전통을 이어왔다나?

이 역시 그다지 흥미롭지는 않다.

친구에게 인형의 이름이 '녹용Greeny Dino'이라고 말해줬다. '녹색 공룡' 이라는 뜻이라고 설명해줬지만, 녹용이 한약재의 하나라는 말은 하지 않았다. 대신 성별이 남성라고만 덧붙였다. 그래서 녹용은 녹용'양'이 아닌 '군'이라는 말해주고 싶었는데, 이에 걸맞은 영어 표현이 생각이 나지 않아 관뒀다.

언젠가 한국 친구가 나의 SNS에서 녹용'군'의 사진을 보고 이름을 물은 적이 있다. 그때 난 이렇게 대답했다.

—이름은 녹용이고 사람들이 활기를 찾기 위해, 혹은 몸을 따뜻하게 하기 위해 보약 녹용을 찾듯 인형 녹용'군'의 사진을 보고 활기를 찾고, 마음이 따뜻해졌으면 좋겠다.

녹용이 한약재라는 것을 모르는 슬로베니아 친구에게는 구구절절 설명할 수 없는 부분이었다. 호기심이 많은 슬로베니아 친구는 또 물었다.

—그런데 왜 용이 아니고 공룡이야?

나는 공룡이 더 좋아서라고 짧게 답했다. 친구는 웃었다. 그는 선하게 웃으며 이어질 내 얘기를 기다리고 있는 눈치였다. 눈빛만으로 호기심이 충분히 전달되는 듯했다.

—용은 가짜잖아! 공룡은 진짜고! 난 진짜가 좋아. 공룡은 이미 다 사라져버렸지만 아직 많은 사랑을 받고 있잖아. 아직도 공룡을 좋아하는 사람이 무지 많잖아. 특히 아이들은 정말 좋아하지. 사라진 뒤에도 사랑을 받을 수 있다는 게 진짜 멋진 거 아닐까? 그리고 아직도 수많은 사람들이 공룡에 대해 알고 싶어하고, 공부도 하잖아. 영원히 연구대상이 된다는 것 역시 정말 행복한 일 아닐까? 밝혀도 밝혀도 밝힐 것이 남아 있는 존재가 무지하게 매력적이잖아. 난 공룡이 좋아. 그래서 공룡 같은 사

◆ 용다리의 용은 몸통보다 꼬리가 리얼하다. 꼬리를 만지면 용이 놀라거나 혹은 화가 나 불이라도 뿜을 것 같다. 물론 다행스럽게도 여태껏 그런 적은 없었지만.

람이 되고 싶어. 사라진 뒤에도 사라지지 않는 사람! 그런 아빠, 그런 남편, 그런 선생, 그런 작가, 그런 인간이 되고 싶어. 공룡 같은 사람!

친구는 웃으며 말했다.

—목이 긴 공룡?

친구는 아마도 아파토사우루스를 말하는 것 같았다. 아무래도 상관없었다. 난 목을 길게 빼고 공룡의 울음소리를 내주려다 참았다.

친구와 헤어진 후 집에 가는 길, 용 다리를 건넜다. 덕분에 집에 가는 길이 더 멀어졌지만 그렇게 하고 싶었다. 다리 위에 앉아 근엄한 표정을 짓고 있는, 류블랴나를 대표하는 몇 마리 용들을 보니 웃음이 났다. 중국에서 온 관광객들이 용들을 찍고 있었다.

한 무리의 관광객이 떠난 뒤, 녹용군을 용 꼬리에 앉혀놓고 나도 한 컷 찍었다. 용맹스러운 용의 꼬리에 앉아 무심한 듯 행인들을 바라보는 '공'룡 녹용군의 눈빛이 참 마음에 들었다.

그래, 아무리 생각해도 용보다는 공룡이다.

◎Walking Sound Track

〈삐딱하게〉 by 지드래곤

그래도 지 '용' 은 좋아요. "영원한 건 절대 없"지만요.

Etiketa_

예상할 수 있듯, 슬로베니아어로 '예의'라는 뜻입니다.
슬로베니아 사람들은 인사하는 것을 중요한 예절 중 하나라고 생각합니다.

예의상

날씨가 너무 나쁘지 않으면, 할 일이 산처럼 쌓여 있지 않으면, 저녁식사 후 산책을 하고 싶어진다. 산책의 유혹을 이기는 일은 쉽지 않다. 때로는 보드를 들고, 가끔은 자전거를 끌고, 대부분은 슬리퍼만 신고, 집을 나선다. 기분에 따라 동네 골목을 누비기도 하고, 단지 안에 있는 작은 공원을 빙빙 맴돌면서 아이들이 놀이터에서 노는 모습을 구경하거나 함께 놀아주곤 한다.

나는 6층짜리 건물 두 개 동이 한 단지로 구성된 아파트에 살고 있다. 2007년에 만들어진 건물이니 비교적 신식 아파트인 셈이다. 건물 안에는 (심지어) 리프트도 있다.

집이 5층인 까닭에 걸을 때보다는 리프트를 이용할 때가 더 많다. 그러다보면 자연스럽게 동네 주민들, 이웃들을 만나게 된다. 물론 놀이터를 서성이다가도 이웃들을 만난다. 그러면 현지인들에게 '예의상' 해야

할 것들이 있다. 예를 들면 처음 보는 이웃에게 안부 묻기, 상냥하게 인사하기, 어색한 미소 보여주기 등. 반드시라고는 할 수 없겠지만 대부분의 슬로베니아 사람들은 처음 보는 이웃에게 먼저 인사를 건넨다. 안부를 묻는 것 역시 일상적인 예의이다.

본디 '예의상' 하는 행동에 대해 거부감이 있는 편이었다. 마음에도 없는데 지껄이는 말들을 아주 질색해했다. 예를 들면 오랜만에 만난 여자 동창들끼리 예뻐졌다고 호들갑을 떠는 것, 뒤에서 욕할 거면서 앞에서 큰 소리로 하는 술자리의 충성 서약, '개뿔' 존경하지도 않는 교수한테 존경을 바친다며 내는 코맹맹이 소리, 특히 다시는 보지도 않을 거면서 다음에 보자고 아쉬운 척 작별 인사를 하는 것.

*

아내와는 2000년에 '다시' 만났다. 우리는 초등학교 동창이었고 4, 5, 6학년 무려 3년이나 같은 반이었는데, 졸업 후에는 단 한 번도 연락하지 않았다. 새 세기(21세기)를 맞이하여 아내를 만난 건 순전히 동창 찾기 사이트 덕분이었다. 그 시절에는 그렇게 추억 속 친구들을 만나는 것이 대유행이었다. (더불어 우정을 빙자한 '불륜'도 대유행이었던 것으로 기억한다.) 그런 사이트들이 지금의 SNS를 능가하는 인기를 누리던 때였다.

하지만 지금도 미스터리한 것은 왜 아내와 나 '달랑' 둘만 만났냐는 것이다. 그렇게 우리는 다른 동창들에게는 연락도 하지 않고 단둘이 만났다.

2000년 7월 27일 목요일 저녁 강남역. 지금은 사라져버린 뉴욕제과 앞에서 그녀를 만났다. 나의 장발과 국적 불명의 패션에 아내는 깜짝 놀란 눈치였다. 난 동네 슈퍼마켓에 아이스크림을 사 먹으러 나가는 '아줌마'와 같은 행색이었다. 긴 머리에 통이 커서 한복 같은 느낌을 주는 '스카이블루', 그러니까 하늘색 청바지와 마른 몸에 최악인 민소매 티셔츠, 그 당시 유행도 하지 않던 플립플랍, 일명 '조리'를 신고 있었다. 머리띠를 하고 있었는지 머리를 하나로 묶고 있었는지는 기억이 나지 않는다. 확신하건대 전자도 후자도 웃겼을 것이 분명하다.

우리는 이탈리아의 남부 마을을 상호로 쓰고 있는 식당에서 맛없는 스파게티를 맛있는 양 먹었다. 그리고 어디를 가야 할지 정하지 못하고 한참을 걸었다. 아내는 정신없는 강남의 골목들을 걸으면서 불평 한번 하지 않았다. 걸을 때마다 땅에 질질 끌리는 내 슬리퍼 소리에도 불만을 토로하지 않았다. 심지어 걷는 것을 좋아한다고까지 했다. 한참을 걷고 걷다 우리는 세계의 모든 맥주를 다 판다는 가게에 들어가 병맥주를 몇 병 마셨다. 그동안 살아온 서로의 인생 이야기를 영화의 예고편처럼 대충, 그것도 빠른 편집으로 줄줄줄 풀어놓았다. 그리고 얼추 헤어질 시간이 되었을 무렵 그때나 지금이나 청춘 남녀들에게 흔한 대화, 영화에 관한 이야기를 주고받았다. 예를 들면 이런 식.

영화 좋아하니?

요즘 본 영화가 있니?

난 이 배우가 좋아. 너도 이 배우를 좋아하니?

그리고 이야기 끝에 아내는 '예의상' 영화를 좋아하며 다음에 같이 영화나 한번 보자고 했다. 난 싫다고 했다. 싫다고 말해버렸다. 물론 아내는 놀랐다. 나는 '예의상' 영화'나' 보자고 말하는 것이 싫다고 말했다.

인사치레로 하는 말이라면 정말 싫다고 했다.

그리고 눈을 크게 부릅뜨고 정말(!) 나랑 영화가 보고 싶은 것이냐고 되물었다. 아내는 고개를 끄덕거리고 말았다. 아마도 무서워서 그랬던 것 같다. '홍콩 할매 귀신' 같은 행색의 (남자) 동창이 눈을 부릅뜨고 정색하며 물었으니.

난 다짜고짜 진짜 영화를 보고 싶다면 날짜 먼저 잡자고 했다. 그럼 정말 영화를 예매하겠다고 했다. 결국 우리는 주말에 강남에서 다시 만나 〈다이너소어Dinosaur〉라는 월트디즈니에서 만든 애니메이션을 보았다.

아내는 헤어질 때마다 '예의상' 다음에 또 보자고 했고, 난 그 '예의상'을 이해하지 못한 척하며 계속 '진짜' 또 만나달라고 졸랐고, 실제로 다시 만날 수 있었다. 그때 아내의 그 '예의상'이 없었다면 지금의 우리도 없었을 것이다.

*

산책을 하러 가거나 산책을 하고 돌아오는 길에 만나는 주민들은 예외 없이 내게 '예의상' 인사를 한다. 놀이터에서 만난 아이들도 내게 짧은 슬로베니아어로 인사를 건넨다. 이웃을 만나 먼저 인사를 하는 것이 슬로베니아의 예절 중 하나라고 한다. 그들은 먼저 웃으며 인사를 건네고 헤어질 때도 덕담을 한다.

리프트 안에 그들이 두고 간 '안녕'들이 남아 있다. 리프트 안에 그들이 뿌려둔 '예의'들의 향기가 난다. 그래서인지 리프트를 탈 때마다 진짜 몸과 마음이 안녕한 느낌이 든다. 그(들의) 작은 예의가 저녁 산책을

◆ 프란코판스카 아파트 단지 안 놀이터에서 만날 수 있는 슬로베니아의 한적함, 깨끗함 그리고 여유로움. 익숙한 풍경.

더욱 풍요롭게 한다. 때로는 나의 출근길을 더욱 활기차게 만들어준다. 어쩌면 사람의 인연이 그 '예의상' 에서 싹트는 것은 아닐까?

그러고 보니 아내는 요즘에 '예의상' 으로도 영화 한 편 보자는 말을 하지 않는다. 음, 어쩔 수 없이 내게 먼저 해야겠다.

—여보, 주말에 시간 있으면 영화나 한 편 보자. 예매는 네가 하렴!

◎Walking Sound Track

〈나랑 산책할래요?Vietato Fumare?〉 by **델리스파이스**

예의상 묻는 말입니다.

Fabula_

쉽게 알 수 있듯,
'플롯', '이야기'라는 뜻입니다.

원칙적인 공상

날씨 좋은 어느 날, 류블랴나 대학 본관 앞을 서성거리다가 '간이 야외 도서관'을 발견하고 자리를 잡는다. 그래봐야 즈베즈다 공원Zvezda park 잔디밭에 책과 안락한 의자를 펼쳐놓은 것일 뿐이지만, 그래도 독서하기 좋게 만들어놓은 것이 마음에 든다.

읽을 작심에 잔디밭에 쌓아둔 슬로베니아어로 된 책들을 익숙하게 읽어내지 못하는 까닭에 항상 가방에 (폼으로) 넣고 다니는 영어로 된 SF 소설을 하나 꺼낸다.

책을 읽겠노라 마음을 먹고 독서보다는 숙면에 적합하게 자세를 잡는다. 디스토피아적 SF를 읽기엔 날이 너무 좋다. SF를 읽는 대신 SF를 머릿속으로 써야지!

나는 그렇게 누워서 (별 쓸모도 없는 나름의) '남편 3원칙'을 만든다. 그후로 대학 본관 앞을 지날 때마다 그(놈의) '남편 3원칙'이 떠오른다. 그

◆ 공원이라기보다 광장에 가까운 즈베즈다 공원. 광장답게 다목적. 여름에는 도서관 기능까지 해낸다. 하늘에서 보면, 공원이 '별' 모양이라서, 이름도 '별'이라는 뜻의 '즈베즈다zvezda'라나. '별 공원'에서 밤하늘을 보면 진짜 별이 무지하게 많아 보인다.

나마 다행인 것은 다른 곳에서는 생각나지 않는다는 것.

남편 3원칙

1. 남편은 아내에게 해를 입혀서는 안 된다. 그리고 위험에 처한 아내를 모른 척해서도 안 된다.
2. 원칙1에 위배되지 않는 한, 남편은 아내의 명령에 복종해야 한다.
3. 원칙1, 2에 위배되지 않는 한, 남편은 자신을 지켜야 한다.

언젠가 시간이 나면 '아이, 남편I, Husband'이라는 소설을 제대로 써봐야 할 것 같다.

◎Walking Sound Track

〈꿈속에서〉 by 오경자

멋진 국악이 떠오를 만한, 가정적인 로봇을 주인공으로 한 SF를 한번 써보고 싶다.

Grad_

슬로베니아어로 '성castle'이라는 뜻입니다.
류블랴나에는 류블랴나 성Ljubljanski grad이 있습니다.

결혼을 다시 하고 싶다

류블랴나 성에서 아이스크림을 먹은 적이 있다. 아내와 나는 성안에 있는 커피숍 그라이스카 카바르나Grajska kavarna에 앉아 있었다. 적당히 달달한 대화를 나누고 있었고, 날씨는 꽤 좋았다. 여름이었지만 덥지 않았고, 햇살은 적당히 우리를 행복하게 해줬다. 무엇보다 우리의 결혼기념일이었다. 아내는 많이 웃었다. 나는 결혼을 다시 하고 싶다는 생각을 하고 있었다.

여름밤이면 류블랴나 성에서 영화를 볼 수 있다. '별빛 아래 영화Film pod zvezdami' 라는 이름의 상영회가 매년 여름 열린다. 여름밤에 어울릴 만한 영화들을 엄선해서 상영하는데, 시원하게 잔인한 영화부터 따뜻하고 말랑말랑한 로맨스까지 장르가 다양한 편이다.

공통점이라면 여름에 볼만한 것들로만 채워진다는 것. 성 안뜰에 큰 스크린을 걸고 달과 별이 보이는 열린 공간에서 보는 영화는 핏빛이든

핑크빛이든 보는 즉시 추억이 된다.

어느 여름밤, 줄리 델피를 광적으로 좋아하는 나는 셀린과 제시의 마지막 만남을 목격하기 위해 성 안뜰에 홀로 앉아 있었다. 여름이었지만 산이고 밤이라 꽤 쌀쌀했다.

하지만 스크린 안은 뜨거워 보였다. 날씨도, 대화도 그랬다. 슬로베니아의 별밤 틈으로 그리스의 햇살이 쏟아졌다. 셀린과 제시가 부부가 되어 티격태격하는 장면을 보며 나는 키득거렸다. 그리고 결혼을 다시 하고 싶다는 생각을 했다.

아무런 이유도 없이 홀로 류블랴나 성Ljubljanaski grad에 오른 적이 있다. 역시 여름이었다. '성으로 가는 길Ulica na Grad'이라는 골목을 따라 걸었다. 성까지 오르는 길이 여럿 있는데 그중 가장 마음에 드는 길이었다.

아마도 이름 때문인 것 같다. 이름이 길의 목적을 정확히 설명해주고 있다. 자신의 이름만으로 존재 의미를 표현할 수 있다니 부럽기까지 하다.

그 길을 따라 걷다보면 류블랴나 사람들의 삶을 만난다. 차곡차곡 평범한 일상을 경험하게 된다. 보통 사람들이 사는 허름한 집들을 지나쳐야 하고, 영어가 아닌 슬로베니아어를 쓰는 현지인과 눈인사를 해야 하고, 골목 노천카페에 앉아 커피가 아닌 토종 맥주를 홀짝거리다 골목을 누비는 동양인을 신기한 눈빛으로 보는 배가 볼록 나온 아저씨나 골목 사이에서 뛰어놀다 동양인을 보고 깜짝 놀라는 귀여운 푸른 눈동자의 꼬마 아가씨도 마주쳐야 한다.

그날도 그랬다. 평소와 같았다. 일상에는 예외가 거의 없는 법이다. 그들의 일상들을 지나쳐 산의 입구로 들어서자 류블랴나 시내가 한눈에

◆ 사실, '성으로 가는 길'은 이름과는 달리 관광객들에게는 잘 보이지 않는 길이다. 그래서인지 그 길을 따라 걸으면 더 특별한 느낌이 든다.

들어왔다. 신기하게도 일상에서 벗어나자 일상의 아름다움이 보였다. 내려다보는 일상은 아름다웠다. 내가 일상 밖에 서 있어서 그랬을지도 모른다. 일상 속 작은 것들이 모여 내게 큰 아름다움을 선사하고 있었다.

성 안뜰을 거닐며 별빛 아래에서 봤던 영화를 떠올렸다. 올해는 꼭 아내와 함께 보겠노라 다짐했다. 카페에 앉아 장난을 주고받으며 킬킬거리는 커플들을 보며 아내에게 더욱 유치한 장난을 자주자주 해야겠다고 결심했다.

오를 때와는 다른 길로 산을 내려오면서 아내에게 전화를 했다. 아내가 일을 하고 있었으므로 통화를 길게 할 수는 없었다.

류블랴나 성에서 내려오는 길이다. 당신 목소리가 듣고 싶어서 전화했다.

그게 끝이었다. 아내 또한 길게 대꾸하지 않았다. 대신 웃었다. 아내의 웃는 모습이 떠올랐다. 그게 끝이었고, 그걸로 족했다.

결혼을 다시 하고 싶다. 지금 불만이 있는 것이 결코 아니다. 지금 행복하지 않다는 것도 당연히 아니다. 굳이 말하자면 더 행복해지고 싶은 것. 지나친 욕심 같은 것. 다시 결혼하면 더 많이 웃'기'고, 달콤한 것들도 더 많이 먹'이'고, 아름다운 것들도 더 많이 보여줄 '수' 있을 텐데.

만약에 결혼을 다시 한다면, 그럴 기회가 주어진다면, 류블랴나 성에서 하고 싶다. 그곳엔 성이 생기기 전부터, 그러니까 그저 볼품없이 언덕만 떨렁 있을 때부터 사람들이 살았다고 한다. 10세기 무렵 제대로 살기 위해 사람들이 모였고, 성이 만들어졌다. 처음에는 모두들 행복했겠지. 의지하고 지켜줄 시모기, 그리고 성이라는 든든한 울다리가 생겼으니까. 그러다 17세기경부터 성은 전장의 일부가 되었다. 포탄이 날아다녔고, 성 안팎으로 상상하기 힘든 갖가지 혼란이 있었을 것이다. 성의 벽은 높고, 두꺼워졌고, 성 주변에는 평상복보다 갑옷을 입은 사람들이 더 많았을 것이다. 그뒤로 성은 병원으로도, 감옥으로도 쓰였다고 한다. 그리고 20세기 초 류블랴나 시가 성을 사서 박물관을 만들었다고 한다.

성은 지금 류블랴나에서 가장 평화로운 (그것이 아니라면 적어도 가장 평화롭게) 풍경을 감상할 수 있는 곳이 되었고, 슬로베니아 사람들이 가장 사랑하는 (혹은 가장 자랑하는) 장소 중 하나가 되었다.

성의 역사는 결혼과 닮아 있다. 오랜 시간 남으로 살다가 같은 집에서 함께 살기 시작하고, 행복해하며 서로 의지하다가, 전쟁을 겪기도 하고, 서로 상처받기 싫어 딱딱한 마음의 갑옷을 입기도 하고, 그 시절이 지나면 서로 위로하고 치료도 해주고, 때론 감옥처럼 답답하게 여기다가, 결국은 아름답게 끝맺고 싶어하는 것. 종국에는 평화롭고 사랑스러움으로 귀결되었으면 하는 것. 그런 게 결혼 아닐까?

지금 이토록 평화로운 성에서 결혼을 (다시) 하게 된다면, 볼품없던 시절도, 아픔도, 상처도 다 사라지고, 전쟁과 같은 일도, 감옥 같은 답답함도 생기지 않을 것 같다. 그것들은 이미 성과 함께 다 지나가버렸으니. 어쩌면 가장 사랑스러운 혹은 자랑스러운 남편이 될 수 있을지도 모르겠다.

사람들은 지금부터 잘해도 늦지 않았다고 하겠지만, 나 역시 이를 모르는 바가 아니지만, 처음부터 온전히 잘하고 싶다. 크고 작은 잘못들과 상처들을 우선 다 지워버리고 싶다. 지워주고 싶다.

◆ 류블랴나 성에 오르면 도시가 한눈에 다 보인다. 도시의 아름다움, 도시의 소박함, 도시에서의 추억, 그리고 사랑하는 사람이 절로 생각난다.

더 행복해질 수 있게.

어느 날 아내에게 아무 말도 하지 않고 휙 손을 잡아채 내가 좋아하는 골목길로 데리고 가고 싶다. 골목을 지나며 만나는 사람들에게 유치하도록 익살스런 인사를 해주고, 산 정상까지 단숨에 올라가 류블랴나 성중 가장 전망 좋은 오각탑Pentagonal Tower에 들어가 멋지게 무릎을 꿇고 싶다. 그리고 바보 미소로 웃겨주고 싶다. 그리고 이렇게 말해야지.

—나랑 또 결혼해주실라우?

그리고 내려오는 길에 딸에게 전화를 해서 "아빠, 네 엄마랑 (또) 결혼했다"라고 자랑하고 싶다. 피로연으로 류블랴나 시내에서 아이스크림이 가장 맛있다는 카페 카카오Cacao에서 '새' 신부 그리고 '헌' 딸과 함께 달달한 아이스크림을 먹어야지. (되도록 첫번째 결혼과 같은 날에 하는 것이 좋겠다. 기념일을 하나 더 만드는 것은 아무래도 부담스러운 일이니까.)

참, 그전에 아내에게 꼭 물어봐야 할 것이 있다. 오각탑을 대여하려면 295유로 '나' 드는데, 괜찮은지?

참참, 우리는 2014년 여름 류블랴나 성에 올라가 우주를 배경으로 서로의 '끌림'에 대해 이야기하는 영화를 보았다. 밤하늘에 펼쳐진 스크린 속 우주는 진정 장관이었다. 우리는 지구의 '중력' 안에서 그 영화를 아주 평화롭게 감상했다.

◎Walking Sound Track

〈Destruction of the Shell(**껍질의 파괴**)〉 by 넥스트

'첫'번째 결혼식에 썼던 신랑 행진 음악. 총각이라는 껍질을 파괴해준 기념비적인 곡.

Hladilnik_

슬로베니아어로 '냉장고'라는 뜻입니다.
슬로베니아에서 따뜻한 냉장고를 경험한 적이 있습니다.

그 거리는 냉장고

로지나 돌리나Rožna dolina는 내 머릿속에 '냉장고'로 남아 있다.

우리가 살고 있는 동네에서 멀지 않은, 걸어서 15분 남짓 거리에 로지나 돌리나라는 동네가 있다. (그 동네를 대표하는 거리 이름도 로지나 돌리나이다.) 1895년 류블랴나 대지진 이후부터 이 동네에 사람들이 살기 시작했다고 한다. 애초에는 (지금은 사라진) 담배 공장이 생기면서 공장에서 일하던 사람들이 하나둘씩 살기 시작했고, 얼마 지나지 않아 다른 지역의 사람들도 이 동네에 터를 잡기 시작했다고 한다. 지금은 나름 규모 있는 주거지가 되었다.

현재 로지나 돌리나는 류블랴나에서도 가장 살기 좋은 지역 중 하나로 꼽힌다. 그도 그럴 것이 류블랴나에서 가장 큰 공원이자 도시의 허파와 같은 티볼리Tivoli park가 바로 옆에 있고 로즈닉Rožnik이라는, 아름답고 높지 않아 주말에 가족들과 오르내리기 딱 좋은 산(393미터밖에 되지 않으니 언덕이라고 하는 편이 나을지도 모르겠지만)을 끼고 있으며, 울타리가 없어 동물들과 쉽게 소통할 수 있는 자연친화적인, 아니 '동물 화합'적인 동물원과 삼림욕이 절로 되는 산책로도 아주 가깝다. 심지어 시내까지 살랑살랑 걸어갈 수도 있다.

꽤 살기 좋은 이 동네에 우리, 그러니까 나, 아내, 딸의 친구네 집이 있다. (내 친구, 아내의 친구, 딸의 친구들이 모두 한집에 살고 있다.) 어느 날 그 친구네가 우리 가족을 초대했고, 그 덕에 우리는 함께 로지나 돌리나에 갈 기회가 있었다. (물론 그후로 이런저런 이유로 그 동네를 자주 가게 되었지만 사실 그전에도 그 동네를 몇 번 지나치기는 했다.)

동네는 참 조용했고, 몹시 평화로운 듯했고, 인적이 드물었지만 사람들은 꽤 친절해 보였다. 그들의 인사를 통해 친절함을 충분히 느낄 수 있었다. 그들의 표정으로 평화로움을 감지했고, 그들의 목소리 톤으로 조용함을 알 수 있었다.

하지만 그 이상도 이하도 아니었다. 다소 이상한 소리처럼 들릴지도 모르겠지만 뭔가 '명성'에 걸맞지 않은 느낌이라고나 할까? 참 조용하고, 몹시 평화롭고, 꽤 친절한 골목은 흔하고도 흔하다. 적어도 류블랴나에는 그렇다.

로지나 돌리나는 우리가 초행인 것을 알고 골목골목을 헤맬 절호의 찬스(?)를 줬다.

동네에는 로지나 돌리나라는 같은 이름의 골목이 1, 2, 3, 4, 5, 6, 7……과 같이 번호만 바꿔 달고 줄줄이 붙어 있었다. 주소를 제대로 보지 않으면 어디가 로지나 돌리나 1길인지 2길인지 알 수 없었다. 비슷한 형태의 집들과 큰 특색이 없는 평범한 유럽식 골목들이 우리를 정신없게 했다. 같은 곳을 빙빙 돌고 있다는 것을 알면서도 빠져나올 수 없었다. 그래서 다시 머리가 빙빙 돌 지경이었다. 덕분에 우리는 동네 구경을 구석구석 제대로 할 수 있었다. 이렇게 봐도, 저렇게 봐도 그저 흔한 류블랴나의 동네일 뿐이었다. (나쁘다는 말이 '절대' 아니다.) 적어도 (우리들의) 친구네 집에 도착하기 전까지는 그저 그랬다.

그 친구와 우리의 인연은 2013년 여름에 시작되었다. 그해 봄, 나는 가족들보다 먼저 슬로베니아에 들어와서 앞으로 우리가 살 터전을 마련했다. 함께 살 집을 구했고, 딸이 다닐 초등학교도 알아봤다. 집에서 멀지 않은 (건물이) 멋진 학교에 가서 (한국에서 슬로베니아로의) 전학 수속을 차곡차곡 밟았다. 몇 차례 찾아가 상담도 했고, 필요한 서류도 제출했다. 딸은 새로운 학년이 시작되는 2013년 9월부터 (건물이) 멋진 학교에 다니기로 했다.

아내와 딸은 그해 여름, 6월 중순에 슬로베니아에 들어왔다. 그리고 입국 사흘째 되던 날, 우리는 손에 손을 잡고 딸의 학교에 찾아갔다. 일종의 딸과 학교의 상견례 같은 것이었다. 방학이라 학교에는 학생들이 없는 상태였다. 홀로 학교를 지키던 담당자는 친절하게 학교에 대해 설명해줬고, 딸이 앞으로 공부할 학급에 대해서도 소상히 말해줬다. 심지어 딸이 여름방학 동안 다닐 만한 인근의 여름학교까지 소개해줬다. 딸이 정식으로 학교를 다니기 전 그곳에 가서 (외국 학교 다니기) 예행연습을 해보는 것이 좋을 것 같다고 조언했다. 미리 슬로베니아어도 접할 수 있고, 같은 학교에 다니는 친구들도 먼저 만나볼 수 있을 거라고 했다. 감사했다. 감사하다는 말을 몇 번 했는지 기억도 나지 않는다. 그토록 고마웠다.

여름학교라고 했지만 다행스럽게 학습을 하는 것은 아니었다. 방학 동안 맞벌이를 하는 부모들을 위한 일종의 '돌봄 교실'이었다. 슬로베니아 정부에서 제공하는 일종의 복지 제도였는데 외국인인 우리에게까지 그 혜택이 주어졌다. 별도의 보육료 없이 아이들을 돌봐줬고, 선생님들이 좋았음은 물론이고, 맛있는 점심식사까지 제공했다. 심지어는 오전 간식까지 챙겨주는 정말 '멋진' 복지 프로그램이었다. 바로 그곳에서 딸이 슬로베니아의 '첫' 친구를 만났다. 친구의 이름은 라리사였고, 딸과 라리사는 서로를 '베스트 프렌드'라고 부르며 방학 내내 어울려 지냈다. 둘이 깔깔거리는 모습이 내 눈에는 정말 신기했다. 아니 신비롭기까지 했다. 둘은 도대체 어떤 언어로 소통하고 있는 것일까? 무슨 일이기에 저렇게까지 웃는 것일까?

아무튼 그 친구 덕에 딸은 여름 내내 즐겁게 지냈다. 아내와 나는 라리사에게 감사했다. (아마도 우리보다는 딸이 더 고마워했겠지.) 물론 말도 통하지 않는 친구랑 즐겁게 지낸 딸에게도 무척 감사했다. 그리고 대견스러웠다.

딸에게는 칭찬과 감사함을 전할 수 있었지만 딸의 친구인 라리사에게 고마움을 표현할 길을 찾지 못했다. 딸과 함께 사진을 찍어주고 캔디를 몇 개 준 것이 고작이었다. 당시 우리 가족은 슬로베니아어의 '에스s'도 몰랐고, 물론 라리사도 영어에 아주 서툴렀다. 아내와 나는 고심 끝에 어떤 방식으로든 우리의 마음을 표현하기로 했다.

아내는 영어로 라리사 부모에게 영문 편지를 썼다. 우리가 슬로베니아에 온 이유, 우리가 라리사에게 얼마나 고마워하는지, 기회가 된다면 초대하고 싶다는 말까지.

아내는 성격대로 꼼꼼하고도 다정하게 마음을 표현했다. 그리고 딸을 통해 라리사에게 편지를 전했다. 딸이 라리사에게, 라리사가 그녀의 부모님에게 편지를 전달해주길 희망하면서. 딸은 성공적으로 라리사에게 편지를 전해줬다고 했다.

편지가 아내 손을 떠난 지 한참이 지났지만 아무런 회신이 없었다. 메일도 전화도 없었다. 같은 학교에 다닌다던 라리사도 볼 수 없었다. 그럼에도 섭섭한 마음보다 걱정스러운 마음이 더 컸다. 그저 무슨 사정이 있겠거니 하며 조용히 기다렸다.

그러던 어느 날 반가운 메일이 한 통 왔다. 라리사 부모에게 온 메일이었다. 라리사가 우리 딸에게 받은 편지를 무슨 내용인 줄도 모르고 (물론 영어였으니 몰랐겠지!) 소중하게 '혼자만' 간직하고 있었던 까닭에 (나중에 스스로 읽어보겠다는 일념으로!) 편지를 이제야 읽게 되었다고 했다. 친구네의 답장은 우리 가족을 따뜻하게 만들었다. 그 온기를 담아 답장을 보냈고 오래지 않아 두 가족은 만났다.

네 아이를 데리고(라리사에게는 카리나와 니키타라는 귀여운 여동생 둘이 있었다) 박물관에 같이 갔고, 함께 뛰노는 아이들을 보면서 즐거워했다.

이를 계기로 우리는 친구네와 자주 만났다. 두 가족이 류블랴나 강을 산책하기도 했고, 겨울의 류블랴나 거리를 걷다가 군밤을 까먹기도 했고, 동물원에 함께 간 적도 있고, 테마파크에도 같이 갔고, 워터파크에서

물놀이도 했고, 동네 놀이터에서도 뛰놀기도 했다. 우리집으로 초대해 잡채와 불고기를 먹기도 했다.

그렇게 우정의 추억들을 차곡차곡 쌓았다. 심지어 나의 승진 소식을 라리사의 아빠이자 나의 친구인 보스티안으로부터 듣기도 했다. (그 역시 류블랴나 대학의 교수였다. 우연인지, 운명인지!)

어느 날 친구네가 우리를 집으로 초대했다. 아이들보다 어른들이 더 신났던 그날 저녁, 맛있는 음식과 음식만큼 맛있는 와인을 마시며 분위기에 취해 이야기에 이야기를 이어가던 중, 아내와 나는 냉장고에 붙어 있던 하얀 종이 한 장을 발견했다.

편지였다. 수개월 전 아내가 딸에게, 딸이 친구에게 건넸던 바로 그 편지. 우리가 진심으로 감사하고 있다는 내용의 바로 그 편지. 몇 주 동안 라리사의 가방 속에 고이 숨어 있었던 바로 그 편지. 두 가족을 이어줬던 바로 그 편지. 바로 그 편지가 냉장고에 붙어 있었다.

라리사의 엄마이자 아내의 친구인 야니나는 그 편지만 읽으면 마음이 따뜻해진다고 했다. 그 편지가 없었으면 우리는 만나지 못했을 것이라면서. 그래서 냉장고에 붙여두고 수도 없이 읽고 또 읽었다고, 보스티안이 말해줬다. 야니나가 우리에게 몇 번이나 고맙다고 했지만, 진짜 고마운 건 우리였다.

상대방의 마음을 이해할 줄 아는 사람, 정말 고마운 사람. 그리고 그것을 간직할 수 있는 사람, 정말 소중한 사람. 바로 친구! 그날 저녁 우리는 생각보다 훨씬 더 많은 술을 마셨고, 생각보다 훨씬 더 많은 이야기를 나눴고, 생각보다 훨씬 더 많이 웃었다. 그리고 생각보다 훨씬 더

◆ 류블랴나 나름의 부촌(?)인 로지나 돌리나는 여타의 거리와는 조금 다른 느낌이 난다. 보다 여유로운 느낌이 든다고나 할까? 다행히도 골목 어디에서도 (부자들이 만들어내는) 위화감 따위는 느껴지지는 않는다.

가까워졌다.

집으로 돌아오는 길, 우리는 더이상 헤매지 않았다. 시간이 늦어 길은 어두웠고 앞은 잘 보이지 않았다. 하지만 우리는 빛을 따라 걸었다. 오는 내내 아내와 딸은 친구네 집에서 나눈 즐거웠던 이야기를 조잘조잘 늘어놓았다. 아름다웠다. 거리도, 우리도. 로지나 돌리나는 그렇게 아름다웠다. 나중에 기회가 된다면 반드시 살아보고 싶은 곳이다.

길의 아름다움을 만드는 것은 걷는 이의 마음인가보다. 아직도 로지나 돌리나 근처에 가면 냉장고에 붙어 있던 하얀 편지가 떠오른다.

방금 전 아내가 야니나와 통화를 했다. 티볼리 공원에서 만나 가족 산책을 할 계획인 모양이다. 냉장고에 붙어 있던 편지, 그리고 그 편지를 쓰던 아내의 모습이 다시 떠오른다.

◎Walking Sound Track

〈Fly Away Home〉 by 윤지희

기쁜 마음으로 걷다보면 날고 있는 기분이 들곤 하지요!

Imenovanje_

슬로베니아어로 '호칭'이라는 뜻입니다.
국어처럼 복잡하진 않지만, 슬로베니아어에도 존대법이 있답니다.

호칭에 관하여

초대를 받아 가는 길이었다.

천천히 계절을 느끼며 걷고 있었고, 우리는 무겁지 않은 얘기들을 주고받았다. 자전거 길을 따라 걸으면서 (우리는) 왜 자전거를 타지 않고 걷고 있는지 후회하기도 했고, 자전거를 타면 대화를 나눌 수 없었을 테니 걷는 편이 더 현명한 판단이라고 (스스로를) 칭찬하기도 했다. 수다는 늘 그렇듯 정해진 방향이 없이 퍼져나갔다.

초대한 집 남편이 교수인데 부인은 그를 '교수님'이라고 불렀다. 아내는 티볼리 공원 앞에서 그것에 대해 의문을 제기했다. 그리고 이렇게 말했다.

—난 절대 당신한테 '교수'라고 부를 생각이 없어. 당신은 나의 교수는 아니잖아. 당신은 나한테는 그냥 '당신'일 뿐이라고!

난 웃으며 그러라고 했다.

—누가 그렇게 불러달라고 그랬나?

그리고 현대미술관Moderna Galerija 앞에서 아내에게 이런 얘기를 해줬다.

굳이 제목을 달자면, '작가는 언제 되는가' 정도가 되겠다.

유명 작가가 진행하는 문학 팟캐스트를 듣다가 이런 대목이 귀에 들어왔다. (정확한 워딩이 기억나지는 않지만) 대략 요지는 이런 것이었다.

—모름지기 작가란, 스스로 작가라고 믿는 순간부터 작가다. 스스로 작가라고 생각하는 바로 그 순간부터 작가가 되는 것이니라! (유명 작가의 목소리는 그의 글처럼 좋았다. 그래서 직접 들으면 더욱 설득력이 있다.)

멋진 말 아닌가? 더 솔직 담백하게 말하자면 난 당시 그 말에 '완전동감동'했다(완전 동감하여 감동에 이르렀다는 말이 되겠다). 그래서 당시 소설 창작 강의를 하러 다니는 학교마다 그의 말을 인용하며 작가가 되기 위해 스스로 작가라고 믿는 것이 중요하다고 강조(혹은 강요)했다. 물론 그게 무명작가인 내가 아닌, 유명 작가인 그의 생각과 말이었기 때문에 학생들의 귀에 쏙쏙 들어갔을 것이다.

그러던 어느 날, 도대체 난 언제부터 나를 작가라고 믿기 시작했는지 궁금해졌다. 스스로에게 궁금해진 것이다. 이(2)류건, 오(5)류건 예전에도 그렇고, 당시에도 그렇고, 지금도 작가 행세를 하는 중인데, 도대체 (이놈의) 작가 행세가 언제부터 시작되었으며 그 시작의 결정적 계기가 있다면 그것이 무엇인지 고민하기에 이르렀다. (성격상 이런 고민에 빠지면 잘 빠져나오지 못한다.)

나 역시 '스스로를' 작가라고 믿으면서부터 작가가 된 것인가? 스스로 작가라고 칭하면서 진짜 작가 행세가 시작된 것일까?

그 유명 작가는 그랬을지도 모르겠지만 확실히 나는 아니었다. 작가로서의 정체성을 내가 직접 찾은 것은 분명히 아니었다. 그런 결론에 이르자 갑자기 지뢰 찾기(게임)의 늪에 빠진 것처럼 앞이 캄캄해지면서 반드시 그 답을 찾아야겠다는 욕망이 더욱 부글거리기 시작했다. (그것은 진정 지뢰 찾기처럼 아무도 강요하지 않았고 당장 그만둬도 되는 것이었지만 절대 그럴 수 없었다.)

잊으려 할수록 점점 머릿속을 맴돌며 사람을 미치게 만들었다. 마치 당구를 처음 배운 고등학생에게 천장도 식탁도 칠판도 온통 당구대로 보이는 것처럼 앉으니 서나 그 생각만 떠올랐다. 며칠 동안 집밖으로 나가지도 않고, 식음도 전폐하고, 책도 한 권 읽지 않고, 수업도 다 접고 고민만 했다면 물론 새빨간 거짓말이고, 틈나는 대로 고민의 고민을 거듭했다. (당시 이를 '정체성에 대한 원초적인 고민'이라고 스스로 제목까지 달고서 고민을 했다.)

그러던 어느 날, 모 대학에서 강의를 마치고 새우튀김을 몇 개 사 먹고 집에 가려고 하는데 아내에게 전화가 왔다. 늘 그렇듯 특별한 내용은 없었다. (가까운 사이에 특별한 내용이 있다는 것은 예기치 못한 사건 사고가 생겼다는 뜻이니.)

아내가 나를 불렀다.

—여보!

그 순간, 난 깨달았다.

그렇지!

내가 이 여자의 남편이지, 남편!

맞아. 난 새우튀김이나 먹고 다니는 문학 선생이기도 하지만, 이 여자

◆ 현대미술관 앞 돌 의자에 앉아 주변을 둘러보면 아이러니컬하게도 '모던함'은 싹 사라지고, 과거로 돌아간 듯하다. 오래된 공원, 오래된 길, 오래된 건물들, 가끔은 오래된 버스까지. 그리고 특별히 시간이 느리게 가고 있음을 느낄 수 있다.

의 남편이었어. 그리고 정해진 수순처럼 내가 작가가 된 순간, 바로 그 '운명적' 순간이 언제인지 알게 되었다. (작가적 운명을 운운하기엔 난 꽤 안 유명한 편이지만 개인적으론 충분히 '운명적'이라 할 수 있겠다.)

그렇다!

누군가가 자신을 '작가'라고 불러주는 순간부터 작가가 되는 것이다! 나 역시 그랬던 것! 혼자 작가라고 아무리 아우성쳐도 소용없는 것이었다. 출판사에서 "헤이 강작가, 이번 『문학과 섹스』 가을호에 포르노 소설 한 편 써줘"라고 물어보는 순간, 자신을 글쓰는 사람이라고 소개하니 다른 사람들이 "아, 작가 나부랭이시구나"라고 알아봐주는 순간, 길에 우연히 만난 지인이 이름 뒤에 '씨' 대신 '작가'라고 단어를 붙여주는 순간, 진짜 작가가 된다는 사실을 아내의 '여보'라는 호칭을 통해 깨달았다.

이 얘기를 주절주절 늘어놓자 아내가 말했다. 우리는 시내를 통과하고 있었다.

—그래서?

그 교수는 집에서도 부인 덕분에 교수의 정체성을 유지할 수 있는 거 아닐까? 그것이 무엇보다 중요한 사람도 분명히 있을 테니. 혹시 부인이 '교수의 본분'(만약에 그런 것이 세상에 존재한다면)을 가정에서도 잊지 말라고 의도적으로 그렇게 부르는 것일지도 모른다고 하려다 그냥 이렇게 말했다.

—아니, 그냥 그렇다고.

아내는 (류블랴나 시민들을 위해 연 3유로에 자전거를 대여해주는) 시티바이크를 보고 이렇게 말했다.

—역시 자전거를 타고 오는 것이 나을 뻔했어. 어차피 시시껄렁한 얘기밖에 안 하잖아.

그날 저녁 우리는 '교수님' 이라는 단어를 꽤 많이 들었다. 맛있는 음식도 꽤 많이 (얻어)먹었다. 집으로 돌아오는 길에도 분명히 대화를 나눴겠으나 기억이 나지 않는다. 하지만 분명히 류블랴나의 밤길은 조용하고도 아름다웠다.

집에 와서 문뜩 나를 '작가' 라고 불러주는 이들을 떠올리니 다시 한번 고마워졌다. 그리고 내가 작가로 불릴 수 있게 여러모로 도움을 준 이들도 생각났다. 역시 고마웠다. 그리고 거울 앞에서 내 못난 얼굴을 보고 스스로에게 이렇게 속삭였다.

—강병융 작가!

그러고 나니 유명 작가의 마음이 조금 이해가 되었다. 스스로 작가라고 불러보니 정말 '더욱더' 작가가 된 기분이 들었다. 그리고 새우튀김을 먹고 있던 그 순간, 내게 전화를 걸어 '여보' 라고 불러준 아내에게 고마웠다. 내가 계속 욕실에서 나오지 않자 딸아이가 물었다.

—아빠, 뭐해? 똥 싸?

그래. 나는 작가이자, 남편이자, 아빠였지.

◎Walking Sound Track

〈나비야 청산 가자〉 by 최수정

'진짜' 작가가 되는 것이 나비가 되어 청산까지 가는 것처럼 멀고도 멀어 보이네요.

Jezero_
슬로베니아어로 '호수'라는 뜻이고,
슬로베니아에는 블레드Bled라는 아름다운 호수가 있습니다.

아름다움 앞에서 보고 싶은 사람

내 기억 속 기차는 천천히 산 정상을 향해 올라가고 있었다.

기차는 이렇게 말했던 것 같다. 천천히 올라갈 테니 하나도 빼놓지 말고 다 담아 가거라! 눈 속에, 마음속에, 또 기억 속에.

산은 기차의 좌측 창과 우측 창에 서로 다른 계절을 펼쳐놓고 있었다. 장관이라는 두 음절로 표현해버리기엔 너무 아까운 아름다움이었다.

기차에서 내려 길지 않은 산길을 오르는 동안에도 그저 신비할 뿐이었다. 현실 밖으로 튕겨나간 느낌, 너무나 비현실적인 아름다움을 체감하고 있었다. 분명히 일행도 있었고, 주변에 관광객도 많았지만 그들이 전혀 느껴지지 않았다. 신비롭게도 그들은 눈앞에서 싹 사라져버렸다. 지워져버렸다. 혼자 그 모든 아름다움을 독차지하고 있다는 착각을 하고 있었다.

보지 않고는 믿을 수 없다는 것이 바로 이런 것이구나! 입은 다물 수 없었지만, 다물지 못한 입 밖으로 말은 나오지 않았다.

지난 세기 어느 여름, 정확히는 1995년 여름, 나는 스위스의 융프라우 위에 서 있었다. 새하얗게 덮인 눈보다 더 눈부신 아름다움 앞에서 눈을 뜰 수가 없었다. 그렇게 비현실적인 아름다움에 빠져 있었다. 기차를 타고 그 아름다운 산에 오르는 느낌, 산 정상에서 아름다움의 최고봉을 감상했던 순간을 잊을 수 없다.

그런데 이상하게도 기쁨보다 죄책감이 컸다. 분명 융프라우를 오른 것이 내 잘못이 아닌데 말이다. 아니, 그 누구의 잘못도 아닐 텐데 말이다. 굳이 말하자면 잘한 일에 가까운 것일 텐데.

난 그때 죄송한 마음이 들었다. 스무 살, (진정) 순진무구했던 나는 부모님은 이런 아름다움을 전에도 보시지 못했고, 앞으로도 못 보실 거라고 착각했었다. (지난 세기, 그러니까 20세기까지 해외여행 한 번 못하셨던 부모님은 무지하게 다행스럽게도, 새 천 년을 맞이하면서 세계 방방곡곡을 돌아다니기 시작하셨다. 작가는 모름지기 이런 곳 저런 곳을 가봐야 한다며 내게 여행 추천까지 잔뜩 해주셨다. 정말 다행스럽게도! 심지어 내 딸은 할아버지 할머니의 직업이 '여행가'인 줄 알았을 정도로.) 놀라운 아름다움 앞에서 갑자기 숙연해짐과 동시에 부모님께 무지하게 죄송한 마음이 들었던 것이다. 거짓말처럼 부모님께 그간 행했던 갖가지 악행들이 융프라우 하늘 위로 펼쳐지면서 그 아름다운 곳에 눈물을 한 방울 흘릴 뻔했다. 그리고 이런 신파적인 결심을 했다.

그래, 꼭 성공해서 사랑하는 부모님께 이 아름다움을 선물하자!

난 성공하지 못했다는 핑계로 아직까지 부모님께 이 아름다움을 선물

하지 못하고 있다. (다행스럽게 그 두 분은 서로에게 자주 아름다움을 선물하고 계신다.) 하지만 기억하고 있다. 아름다움 앞에서 떠오르는 사람이야말로 내가 정말 사랑하는 사람이라는 사실을. 그리고 잊지 않고 있다. 아름다움을 함께 나누고 싶은 사람이야말로 진짜 사랑하는 사람이라는 것을.

2013년 2월 1일 금요일 오전, 난 블레드Bled 호숫가를 걸었다. 호수는 아름다웠지만 그 이상의 감흥은 없었다. 호수 바람은 적당히 쌀쌀했다.

나는 밖을 볼 여력이 없었다. 내 안을 보기에도 시간이 부족했다. 서울에서 고민거리들을 잔뜩 싸들고 슬로베니아로 피신했던 터였다. 다행스럽게 류블랴나 대학에서 내게 꽤 그럴듯한 핑곗거리를 만들어줬다. (그 뒤로 이 대학은 내게 '일거리'까지 제공해주었다.) 류블랴나로 도망 온 꼴이었다. 공식적으로는 전문가 초청 특강이라는 명목이 있었지만, 개인적으로는 한국을 잠시나마 떠나고 싶었던 시간에 딱 맞춰 나를 불러준 셈이었다.

호수 주변을 좀 서성이다 블레드 성Blejski grad으로 올라갔다. 겨울이라 관광객도 보이지 않았다. 성으로 향하는 가파르지 않은 오르막을 천천히 걸으며 호수를 보았다. 길 주변 나무들은 내가 자연 안에 있음을 알려줬고, 아기자기하게 생긴 집들은 사람이 사는 곳이라고 일러줬다.

성에 가까워질수록 높이 오르면 오를수록 호수가 많이 보였다. 멀리 보이는 호수 덕에 마음이 조금씩 트이는 것 같았다. 바람도 잠잠해졌다. 성안으로 들어가 계단을 하나하나 오를 때마다 호수가 한 뼘 한 뼘 넓어졌다. 주변을 맴돌 때와는 다른 놀라운 아름다움이었다.

성안에는 우리 일행을 제외하곤 아무도 없었다. 그 적막함은 아름다움을 배가시켰고 난 잠시 성 위에 서서 호수를 감상했다.

입은 다물 수 없었지만, 다물지 못한 입 밖으로 말은 나오지 않았다. 가족들이 생각났다. 아내가 가장 먼저 떠올랐고, 가장 오래 남아 있었다. 언제부턴가 힘들 때도 아름다움 앞에서도 떠오르는 사람은 항상 아내였다.

넓지 않은 성안을 둘러보며 마음이 가벼워짐을 느꼈다. 대장장이 아저씨의 시시껄렁한 농담 때문이었는지도 모르겠다. 직접 포도주를 만들어보라던 직원의 소박한 눈웃음 때문이었을지도 모르겠다.

성에서 다시 내려가는 길, 호수가 점점 작게 보였지만 괜찮았다. 다시 호주 주변을 조금 거닐었는데 고요하고 아름다웠다. 바람은 꽤 시원했다. 거짓말처럼 서울에서 힘들었던 일들이 블레드 호수 위로 펼쳐졌다. 난 그것들을 호수 위에 그대로 두고 발걸음을 돌렸다. 어깨가 가벼워짐을 느꼈다. 그리고 다시 신파적인 결심을 했다.

그래, 성공하지 못하더라도 사랑하는 아내에게 꼭 이 아름다움을 선물하자!

류블랴나로 돌아오는 길, 아내에게 블레드 호수의 아름다움을 보여주고 싶다는 생각이 더 간절해졌다. 아내와 함께 블레드 호수를 보면, 블레드 성에 오르면 더 행복할 것 같았다. 그리고 호수 주변을, 성 주변을 거

◆ 슬로베니아를 대표하는 관광지 블레드 성은 사진으로만 봐도 감동적이다. 일단은 직접 보지 않으면 더한 설명을 부연할 수가 없다. 보자.

Jezero

닐고 싶었다. 아무 말을 나누지 않아도 좋으니 그저 함께하고 싶었다.

그리고 나 역시 아름다움 앞에서 생각나는 남편이고 싶었다.

슬로베니아에서 살게 된 후로 우리 가족은 몇 차례 블레드 호수를 찾았고, 그곳에서 재미있는 이야기들도 많이 만들었다.

한번은 아내가 평소 걷던 길로 가지 않고 블레드 성곽길이 아닌 다른 길로 나를 안내했다. 나는 아내를 따라 인적이 드문 산길로 올라갔다. 뭔가 특별함이 있을 것 같진 않았다. 그래도 조용히 따라갔다. 그저 그런 오솔길이었다. 길은 분명히 있었지만 사람이 다닌 흔적은 적은 곳이었다.

아내를 따라 올라간 길의 끝에 블레드 호수가 펼쳐져 있었다. 분명히 같은 호수였지만 성에서 내려다본 모습과는 완전히 다른 아름다움임이 분명했다. 다른 사람들은 쉽게 볼 수 없는, 보다 특별한 아름다움이었다. 난 감동했다. 드디어 나도 아름다움을 함께하고 싶은 남편이 되었구나! 난 행복했다. 슬로베니아에서 여행 코디네이터로 일하고 있는 아내가 발견해둔 비장의 장소구나! 난 감격했다.

나중에 아내에게 그 길을 어떻게 알고 올라갔냐고 물었다. 내게 아름다움을 보여주기 위해 준비한 '비밀' 길이냐고 물었다. 아내는 이렇게 대답했다.

—그냥 길이 있어서 가봤지. 호기심에! 나도 처음 가는 길이었어.

◎Walking Sound Track

〈바다를 접어〉 by 카마

아름다운 호수를 접어 주머니에 넣고 다니다 보고 싶을 때 펼쳐 볼 수 있다면.

◆ 블레드 호숫가Blejsko jezero를 천천히 거닐다 보면, 김일성이 이 호수를 왜 그렇게 사랑했는지 절로 알게 된다. 최고의 관광지이면서 최고의 안식을 주는 곳, 신비함의 호수.

Koreja_

슬로베니아어로 '한국'이라는 뜻입니다.
북한이기도 하고, 남한이기도 하지요.

민주주의라는 이름

시내 한가운데 노바 류블랸스카 반카 본점이 있다.

유추할 수 있듯 '반카banka'는 은행이다. 이곳은 슬로베니아에서 가장 크고, 가장 많은 사람들이 이용하는 은행이다. 공화국 광장Trg republike을 앞마당처럼 쓰고 있으며 직원들은 친절하고, 외국인을 위한 창구가 따로 있어 편리하다.

아내가 통장을 만들기 위해 이 은행을 찾았다. 계좌를 개설하기 위해 필요한 서류들을 냈을 것이고, 외국인 담당 은행원은 필요한 정보에 관해 친절하게 물었을 것이다.

아내는 분명 보기 드문 고객이었을 것이다. 유럽에서 외국인을 만나는 것은 대수로운 일이 아니지만 슬로베니아에서 한국인을 만나는 건 드문 일이다. 슬로베니아에 살고 있는 한국인은 고작 서른 명 남짓이고 그 범위를 류블랴나로 한정하면, 스무 명 정도밖에 되지 않는다. 그중에 은행계좌가 필요한 사람의 수를 생각해본다면 대부분의 은행원들이 한국인 고객을 한 번도 만나보지 못하고 퇴직할 확률이 높다. 한국인을 만나보지 않은 은행원이 한국에 대해 잘 알 리는 물론, 없다.

은행원이 물었다.

—어떤 한국에서 오셨나요?

아내는 당연하다는 표정으로 이렇게 대답했다.

—어떤 한국? 아! 남한에서 왔어요.

은행원은 고개를 갸우뚱하며 이렇게 물었다.

—남한이요? 당연히 민주주의 국가지요?

아내는 역시 당연하다는 표정으로 이렇게 대답했다.

—그럼요!

은행원은 그제야 고개를 끄덕이며 무언가를 받아 적었다. 그리고 아내에게 앞으로 정상적으로 은행을 이용할 수 있다고 알렸다.

그날 저녁, 아내가 내게 성공적(?)으로 새 계좌를 열었다고 했고, 난 평소처럼 보관함에 넣기 위해 아내에게 은행 관련 서류를 달라고 했다. 아내는 서류와 은행원의 명함을 건넸다. 받은 서류를 살펴보니 재미있는 부분이 있어 이렇게 말했다.

—여보, 나 여태까지 북한 여자랑 결혼해서 산 거야?

아내는 저녁 준비를 하면서 그게 무슨 헛소리냐는 표정을 지었다. 아내를 보며 서류를 흔들었다.

—여기 봐. 당신 국적이 조선민주주의인민공화국이야.

아내는 놀라 달려와서는 서류를 확인했다. 거기엔 확실히 '조선민주

◆ 대한민국과 조선민주주의인민공화국은 언제쯤 편하게 서로 오갈 수 있을까? 두 나라의 하나됨은 언제쯤 가능할까? 프리보즈Privoz의 횡단보도에 서서 그런 생각을 해본다.

주의인민공화국Democratic People's Republic of Korea'이라고 명기되어 있었다.

은행에서 있었던 일에 대해 들은 뒤 왜 아내가 북한 여자가 되었는지 알 수 있었다. 아내가 '민주주의 국가'에서 왔다고 대답한 덕에 은행원은 아내의 국적을 조선 '민주주의' 인민공화국이라고 적었던 것이다.

난 한참을 웃었지만 매사에 진지한 아내는 진지하게 걱정하는 눈치였다. 아내는 바로 은행원에게 메일을 보냈다. 나는 재미있는 추억이 될 것이라고 확신하면서 북한 국적이라고 명기된 아내의 서류를 사진으로 남겼다.

아내는 은행원에게 메일을 보내고서야 다소 안심한 표정이었다. 그녀의 메일을 보진 않았지만 내용은 이랬을 것이라 짐작한다.

(예의 바른 첫인사) 저는 남한에서 왔습니다. 남한은 정치적으로 민주주의를 표방하지만, 공식 명칭은 대한민국 공화국Republic of Korea입니다. 그러니 제 정보를 수정해주시면 감사하겠습니다. (공손한 끝인사)

결국 아내는 국적을 되찾았고 지금까지 아주 정상적이고 '민주'적으로 은행 거래를 하고 있다. 아내에게는 미안하지만 나는 수업 시간에 종종 '민주주의 공화국' 사건에 대해 언급한다. 남북한의 공식 명칭을 모르는 학생들이 많기 때문이다. 얘기의 끝은 항상 다음과 같다.

—민주주의가 당연한 나라에서는 나라 이름에까지 굳이 민주주의라는 말을 넣을 필요가 없는 것 같아요. 슬로베니아의 공식 명칭이 슬로베니아민주주의인민공화국이 아니고 그냥 슬로베니아 공화국인 것처럼, 한국의 공식 명칭도 그냥 대한민국 공화국입니다. 미남이 스스로 "난 진

정한 미남이야!"라고 할 필요는 없잖아요.

하지만 한국 신문을 읽다보면 이런 생각이 드는 것이 현실이다. 이제 우리나라의 이름 앞에 '민주주의'라는 '사족'이 혹 필요해진 것은 아닌지.

현금 인출을 하거나 공과금을 내기 위해 노바 류블랸스카 반카에 가는데 그때마다 '북한 출신 아내'를 생각하며 웃곤 한다. 흐뭇하게. 또 은행 앞 공화국 광장을 보면서 한반도에 있는 두 공화국을 생각한다. 그리고 웃는다. 이번에는 다소 씁쓸하게.

◎Walking Sound Track

〈Dancing in Your Head〉 by 오넷 콜맨Ornette Coleman

머리가 복잡할 때는 오넷 콜맨의 음악을 들으세요. 그럼 복잡할 겨를이 없어요.

Ljubezen_
슬로베니아어로 '사랑'입니다.

류블랴나는 사랑입니다

누군가가 묻는다.

도시 류블랴나Ljubljana라는 이름에 특별한 의미가 있나요?

이렇게 대답해본다.

그럼요!

슬로베니아어로 'ljubiti(류비티)'가 '사랑하다'라는 동사이고, 'ljubezen(류베젠)'이 '사랑'이라는 명사니까 당연히 이 도시의 어원도 '사랑'이 아닐까요? 그러니까 류블랴나는 '사랑의 도시'라는 뜻이 아닐까요? 낭만적이잖아요. 사랑의 도시.

아님 말고요.

누군가가 묻는다.

당신은 도시 류블랴나를 다른 어떤 것에 비유해서 설명할 수 있나요?

요렇게 대답해본다.

◆ 프레셰렌 광장에서 서 있으면 류블랴나가 꽤나 멋져 보인다. 한 나라를 대표하는 광장을 작가의 이름을 붙여 부르고 있다니. 종로에서 '작가' 이름을 달고 있는 광장을 만난 적이 있던가? 내 기억에는 없다.

그럼요!

류블랴나는 아내를 닮은 도시 같아요. 작지만 아름답고 깨끗하고 친절한 느낌이거든요. 어때요? 제 아내와 비슷한가요? 낭만적이잖아요. 아내를 닮은 도시.

아님 말고요.

누군가가 묻는다.

도시 류블랴나가 그렇게 살기 좋나요?

그럼요!

정말 살기 좋습니다. 사람들은 친절하고 도시는 깨끗하고 지정학적으로도 좋고 국민들 교육 수준도 높고 모든 것이 정말 좋아요. 그 무엇보다도 제가 지금 살고 있는 곳이잖아요. 그래서 좋아요. 내가 있는 바로 여기가 천국이라고 믿거든요.

아님 말고요.

난 그렇게 믿고 산다.

류블랴나는 사랑의 도시라고.

아내는 작지만 아름답고 깨끗하고 친절하다고.

그리고 무엇보다도 내가 지금 있는 곳이 바로 천국이라고.

사랑도 아내도 천국도 멀리서 찾고 싶지 않다. 옆에 두고 싶다. 그리고 무엇보다도 중요한 것은 '아님 말고'라고 생각하는 것이다.

'아님 말고'는 체념이 아닌 가벼움이다. 삶도 사랑도 너무 무겁게 생각하면 버거워지는 법이니. 깃털처럼 가볍게, 그렇게 가볍게 하늘을 날 수 있을 만큼 행복하게 살 테다.

아님 말고!

◎Walking Sound Track

〈Don't Know Why〉 by 노라 존스

아내가 가장 좋아하는 노래로 알고 있습니다. 아님 말고요.

◆ 걷기 좋은 거리, 트루바르예바 거리. 백화점이 있고, 서점이 있고, 노천카페가 있고, 식당이 있고, 재즈 음반 가게가 있고, 한국 물품 전용 가게도 있다. 마지막 상점이 가장 중요하다. 먹고 살아야 하니까!

Most_

슬로베니아어로 '다리bridge'라는 뜻입니다.
류블랴나에는 작고 아기자기한 다리가 많습니다.

짧은 다리보다 긴 다리

류블랴나 시내에는 걸을 만한 다리가 꽤 많은 편인데, 그중에 하나만 골라야 한다면 두말할 나위 없이 트로모스토비에Tromostovje다. 영어로는 'Triple Bridge' 혹은 'Three Bridges'라고도 하는데 나는 편한 대로 내 마음대로 '삼다리'라고 부른다.

이 다리는 류블랴나의 대표적인 두 광장, 프레셰렌Prešernov 광장과 시청Mestni 광장을 잇고 있다. 이름처럼 세 개의 다리가 나란히 뻗어 있으며 보행자들을 위한 다리이기도 하다. 위에서 보면 포크나 삼지창을 류블랴나 강 위에 올려둔 것처럼 생겼다.

슬로베니아의 대표 건축가 요제 플레치닉Jože Plečnik 선생의 작품이다(류블랴나를 대표하는 건축은 거의 대부분이 요제 선생의 작품이라고 보면 된다). 세 개의 다리는 각각 빈, 류블랴나, 베네치아를 의미한다는 설(?)이 있지만 아무리 걸어보아도 다리 위에서 빈이나 베네치아를 느낄 순 없다. 그저 류블랴나만 느껴진다.

프레셰렌 광장에서 시청 광장 쪽으로 걷고 또 그 반대로 걸어도 눈이 즐겁다. 시청을 등지고 걸으면 프레셰렌 동상과 더불어 분홍빛의 프란체스코 교회가 보인다. 광장에서 항상 활기찬 기운이 느껴진다. 여름에는 햇살이, 겨울 저녁에는 어마어마하게 거대한 크리스마스트리를 볼 수 있다. 류블랴나 어딜 가도 그곳보다 사람들이 많은 장소는 없다.

프레셰렌 광장을 등지고 시청 광장 쪽으로 걸으면 다리 위에서 류블랴나 성을 볼 수 있다. 확신하건대 그러면 성의 목소리를 들을 수 있다. 성이 아마 조용히 이렇게 속삭일 것이다.

—어서 올라오렴.

역시 내 마음대로, 편한 대로 '용다리'라고 부르는 즈마이스키 모스트 Zmajski most가 있다. 영어로는 'Dragon Bridge'라고 할 수 있는데 이름에 걸맞게 용 몇 마리가 다리 위에 앉아 있다. 용이 류블랴나의 상징이라는 것을 감안한다면, 다리 위에 용 몇 마리쯤 앉아 있는 것이 신기한 일은 아니다. 혹시 그 용들이 날아오르기라도 한다면 조금 신기한 일이 되겠지만.

'용다리'는 '삼다리'에서 도보로 5~10분 정도 거리다. 이 다리의 이름이 처음부터 '용다리'는 아니었다고 한다. 1819년에 처음 만들어진 이 다리의 첫번째 이름은 '백정의 다리Mesarski most'였다. 아마도 근처에 정육점이 많았나보다. 1895년 류블랴나 대지진 때 다리가 파괴되었고, 오스트리아의 건축가들에 의해서 새롭게 설계된 다리가 1901년에 완공되었는데, 지금에는 '프란츠 요세프 1세의 주빌리 다리The Jubilee Bridge of

Most

◆ 류블랴나에서 다리를 하나 골라야 한다면 무조건 이 다리, 신다리를 고를 거다. 화려하지 않고, 일상적인 것이 어딘가 류블랴나스러우니까. 다리 위에서 사방을 둘러보면, 일단 그 느낌이 확 다르다. 무엇보다도 편안하다. 걷기에도, 멈춰서 무언가를 보기에도.

the Emperor Franz Josef I'라고 불렀다고 한다(이름 참 길기도 길다). 그랬던 것이 1919년 '용다리', 아니 즈마이스키 모스트로 개명되었다고 한다.

건축학적으로 볼 때 다리는 빈 분리파의 건축물 중 꽤나 아름다운 것에 속한다고들 하는데 건축미에 대해선 맹인 수준인 나에겐 그저 (평범하게) 아름다운 다리로만 보인다.

집에서 중앙시장에 가기 위해선 차로든 걸어서든 이 다리를 건너야 하기 때문에 나에겐 시장 가는 길에 있는 예쁜 다리 정도라고 하는 편이 더 나을지도 모르겠다.

참, 아름다운 '용다리'를 감상하고 빈 분리파의 진정한 미를 느끼려면, 아무래도 해질녘에 강변길Petkovškovo nabrežje에 서서 다리를 우측에 두고 보는 것이 좋다. 그러면 멀리 류블랴나 성이 당신에게 (또) 속삭일 것이다.

—어서 올라오렴!

또하나의 걸을 만한 다리의 이름은, 역시 내 마음대로, 편한 대로 '신다리' 라고 부르는 체블랴르스키 모스트Čevljarski most이다. 영어로 풀면 'Shoemaker's Bridge'가 된다. 한국어로 번역해보자면 '제화공의 다리'.

다리의 이름처럼 예전에는 이 다리 위에 신발을 만드는 제화공들과 제화점들이 많았다고 한다. 물론 지금은 제화공도 제화점도 없다. 대신 다리 주변에 신발들이 주렁주렁 매달려 있는 것을 볼 수 있다. 다리 주변의 건물들을 빨랫줄로 연결해 거기에 신발들을 잔뜩 (예술적으로) 걸어뒀다.

'신다리Čevljarski most'는 조명이 예쁜 다리이다. 그래서 낮보다는 밤에 걸으면 기분이 더 좋아진다. 한발 떨어져서 보면 다리 위로 아기자기한 불빛이 반짝인다.

여름이면 다리 위에서 재미있는 공연들이 펼쳐진다. 악사들이 노래하고 배우들이 연기한다. 다리 옆에선 외줄로 강 위를 달리는 자전거 퍼포먼스도 볼 수 있다. 자전거를 직접 타볼 수도 있고 운이 좋은 가을날이면 다리에 앉아 강둑에서 펼쳐지는 콘서트도 (무료로) 감상할 수 있다. 겨울이면 군밤 장수도 만날 수 있고 따뜻한 포도주를 파는 노점상도 구경할 수 있다. 추운 날 뜨끈한 컵 포도주에 달달한 군밤을 함께 먹으면 그야말로 일품이다.

이뿐 아니다. 류블랴나 강 위에는 작고 아기자기해서 걷고 싶은 다리들이 꽤 있다. 나무가 자라는 다리도 있다. 동상이 서 있는 다리도 있다. 철길과 도로와 인도가 붙어 있는 다리도 있다. 시골길처럼 좁은 다리도 있다. 특히 걷기 좋은, 보행자만을 위한 다리들이 많아 좋다.

하지만 (조금) 아쉽다. 추억을 만들기엔 다리의 길이가 너무 짧다. 나는 길고도 볼품없는 다리를 좋아하는 편이다.

그래서 가장 좋아하는 다리를 꼽으라면 단 1초의 망설임도 없이 대한민국의 한남대교를 댄다. 한남대교는 참 넓고도 길고도 볼 것이 하나도 없기 때문이다. 다만 길고도 넓고도 볼품없는 다리를 홀로 걸으면 안 된다. 그럼 청승이 되어버린다. 그럼 재앙이 되어버린다. 그럼 스스로 한없이 한심해질 수 있다.

살면서 딱 한 번 한남대교를 '내 다리'로 건넌 적이 있다. 아내와의 연애 초기였다. 아내의 회사가 한남동에 있었고, 여차저차해서 신사동에 가서 저녁을 먹기로 했고, 그때는 차도 없었다. 대신 두 다리는 지금보다 훨씬 튼튼했다.

◆ 그루베레브 수로 다리Most čez Gruberjev prekop는 새로 만들어진 다리다. 수로 주변 풍경도 좋지만, 우레탄이 깔린 다리를 건널 때 느껴지는 폭신폭신함이 참 좋다. 이따금 다리 밑에 있던, 이제는 사라지고 없는 허름한 선상 카페가 그립기는 하다.

아내가 언젠가 걷는 것을 좋아한다고 말한 것을 기억하고 있던 나는 차도 막히고 하니 걸어가는 것이 어떻겠냐고 아주 조심스럽게 물었다. 아내는 다행히 그러자고 했다. 그래서 우리는 함께 그 길고 지루한 한남대교를 걸을 수 있었다.

바람이 씽씽 부는 대교를 걸었다. 당연히 함께 걷는 사람은 없었다. 다리 위엔 아무도 없었고, 줄지어 서서 대교를 건너는 차들이 우리를 청승맞다는 눈길로 보고 있었다.

우리는 서로를 봤고 서로에 대해 이야기를 했다. 다리가 무지 길었기 때문에 오랫동안 그렇게 걸을 수 있었고 다리 주변엔 11월 11일에 많이

◆ '관광'을 목적으로 한 류블랴나의 강이 아닌, '일상'을 주로 한 류블랴나의 강을 보고 싶으면, 트르노브스키 프리스탄Trnovski pristan이 괜찮다. 모든 것이 (일시)정지된 느낌을 준다. 처음에는 생경하지만 금세 '그' 정지에 익숙해지고 만다. 그리고 그 정지의 미덕을 아는 사람들이 슬슬 부러워지기 시작한다.

팔리는 초콜릿 과자상자같이 볼품없이 서 있는 아파트들만 보였기 때문에 달리 눈 돌릴 곳도 없었다. 걸으며 바람과 그녀를 느꼈다. 그리고 바람과 그녀에게 집중했다.

다리를 건너 '강남'에 도착했을 때 난 아내의 손을 잡을 수 있었다. 그때 나눴던 대화는 기억이 나지 않지만 그때 불었던 바람은 기억이 난다. 이상한 바람이었다. 둘 사이를 더욱 가깝게 해줬던, 심장을 뛰게 했던, 아내의 손을 잡을 수 있게 용기를 만들어줬던, 그런 바람.

그 시절 그 길고 지루한 한남대교가 없었다면 지금 류블랴나의 아름다운 다리들도 없었을지 모르겠다.

아름다움은 늘 눈이 아닌, 마음이 만드는 것이다.

오늘 저녁에는 아내의 손을 잡고 함께 다리를 걸어야겠다. 이제 어떤 다리라도 상관없다. 이제 내 눈에, 그리고 내 마음에 모든 다리가 아름다워 보일 테니.

◎Walking Sound Track

〈Odd Wind〉 by 누빔

그날 한남대교의 '이상한' 바람을 추억하며.

Nož_

슬로베니아어로 '칼'이라는 뜻입니다.

칼퇴근아, 사라져라!

돔잘레Domžale는 볼 것이 별로 없는 도시, 아니 도시라고 하기엔 너무 작은 그저 마을이다. 류블랴나에서 10킬로미터 정도 떨어진 이 작고 볼 것 없는 마을에 나는 꽤 자주 가는 편이다. 아내의 일터가 그곳에 있기 때문이다.

퇴근 시간 즈음, 아내의 일터 근처에 차를 주차해두고 어슬렁거리는 것을 좋아한다. 딱히 둘러볼 것은 없지만 주변에 볼거리가 없다는 심심함이 결코 나쁜 일만은 아니라고 생각한다. '구경' 대신 다른 일에 더 집중할 수 있다는 장점이 있다.

팟캐스트를 들어도 더 분석적이 되고 책을 읽어도 더 쉽게 빠져들고 창가에 앉아 햄버거를 먹어도 맛에 더 집중할 수 있다. 물론 걷기만 할 때도 마찬가지이다. 한 걸음, 한 걸음에 집중할 수 있다.

콜로드보르스카 Kolodvorska 거리를 걷는 것을 좋아한다. 돔잘레 기차역부터 시작되는 이 짧은 거리는 기찻길을 따라 걸을 수 있게 나 있다. 아내의 직장에서는 2킬로미터가 채 되지 않으니 도보로 15분 정도면 갈 수 있다.

돔잘레에서 처음 걸은 길이 바로 콜로드보르스카 거리였다. 아내와 함께 걸었고 기차에서 막 내린 우리는 꽤 들떠 있었다. 아내가 면접을 보러 가는 길이었다.

밀란 메르하르Milan Merhar의 〈1956년, 류블랸스카 거리에서 본 콜로드보르스카 거리Iz Ljubljanske na Kolodvorsko v letu, 1956〉와 〈1956년의 콜로드보르스카Kolodvorska v letu 1956〉라는 그림을 본 뒤 이 길이 더욱 좋아졌다.

메르하르는 돔잘레에서 태어나 돔잘레를 그린 화가로 알려져 있다. 돔잘레에 특별한 것이 뭐가 있을까 검색하던 중 발견한 화가가 그였다.

그림들처럼 거리는 여전히 정적이고 수수하고 (날 좋은 날에만 보이지만) 희미하게 알프스 끝자락과 눈여겨보지 않으면 잘 보이지 않는 높은 하늘이 품고 있다. 자전거도 가끔 그림처럼 지나간다. 반세기가 지났음에도 그 느낌을 그대로 품고 있는 거리란 확실히 특별한 듯했다.

날이 좋아 거리가 그림과 더욱 비슷했던 어느 봄날, 아내의 퇴근을 기다리며 돔잘레의 콜로드보르스카 거리 근처를 어슬렁거리고 있는데 아내에게 전화가 왔다.

—여보, 미안해. 나 좀 늦을 것 같아. 조금만 더 기다려줘요.

난 이유도 묻지 않고 툴툴거렸다.

—뭐야? '칼' 퇴근을 해야지. 여기가 한국도 아니고 말이야.

농담조로 한마디 실없이 던지고 발걸음을 아내의 일터 쪽으로 돌렸

◆ 류블랴나에서 돔잘레까지 차를 타고 가다보면, 데팔라 바스Depala vas를 지나가게 된다. 자동차전용도로인데, 갑자기 멈추고 싶어진다. 그리고 진짜 멈추게도 된다.

다. 그래봐야 얼마 늦지 않을 것을 알고 있었기 때문이었다. 팟캐스트에서는 대한민국 관료 사회에 대해 이야기하고 있었다.

몇몇 부처 장차관 사무실 앞에 램프가 있다고 한다. 램프의 용도는 장차관의 퇴근 '알림이'라나. 장관의 퇴근과 동시에 파란 불이었던 램프가 붉은색으로 변하고, 그 불빛을 보고 차관이 퇴근을 하고, 차관의 퇴근과 동시에 차관 사무실 앞 램프도 붉은빛으로 변하고, 그걸 보고 다른 공무원들도 하나둘씩 퇴근한다나. 이른바 '최첨단 스마트 연쇄 퇴근 시스템'이라고 할 수 있겠다.

이 최첨단 스마트 연쇄 퇴근 시스템이 도입되기 전까지는 장관님 퇴근 정보를 캐기 위해 전쟁이었다고 한다. 아마도 퇴근 시간이 가까워지면 공무원들은 서로가 서로에게 장관님 퇴근하셨어? 언제 하신대? 오늘 손님 만나고 바로 퇴근하신다던데? 그럼 차관님은 언제 퇴근하신대? 벌써 하셨다고? 정말 하신 거 맞아? 이렇게 묻고 또 묻는 정보 전쟁이 벌어졌을 것이 뻔하다. 이런 난국 혹은 개그적 상황을 대한민국의 공무원들이 최첨단 기술력으로 극복한 것이다.

결국 대한민국 공무원의 (회사원의, 상사가 있는 그 누군가의) 사전에 '칼' 퇴근이란 단어는 없단 말인가? 그래 어쩌면 '칼' 퇴근이라는 표현 자체가 한국에만 있는 것일지도 모르겠다.

한번 살짝 곱씹어보니 그 말은 참으로 요상하게 들린다. 살면서 '칼' 출근이라는 말을 들어본 적이 있나? '칼' 출근이라는 말은 '방패' 퇴근이나 '창' 조퇴라는 말만큼이나 어색하다. 강대리, 오늘도 '칼' 출근이야? 멋진걸! 과장님 눈치 보여서 '칼' 출근을 못하겠어요. 이런 말을 들어본 기억이 없다. 출근 시간에 늦으면 우리는 지각이라는 말로 응징한다. 징계와 감봉, 심지어 해고의 사유가 되기도 한다. 하지만 출근 시간을 잘 지킨다고 득이 있는 경우는 많지 않다. '칼' 출근하는 사람에게 상여금을 지급했다는 얘기를 들어본 적이 없다. 하지만 '칼' 퇴근을 너무 자주 하면 상사들에게 칼 맞을 수도 있다.

대한민국에서 '칼' 퇴근이 싹 사라져버렸으면 좋겠다. 모두 정상적인 시간에 '칼' 퇴근이라는 말을 쓰지 않고 제때 '그냥' 퇴근했으면 좋겠다. 더 할 일이 남은 사람들이 아니라면 싱글싱글 웃으며 가족의 품으로, 친구가 기다리는 술집으로 경쾌하게 뛰어나갈 수 있었으면 좋겠다는 생각을 하고 있는데…… 아내가 나를 부르고 있었다.

나는 시계를 봤다. 아내는 늦지 않았다. 그녀가 말했다.

—생각보다 일찍 끝났으니 우리 조금만 같이 걸을까?

날이 좋아 거리가 그림처럼 아름다웠던 어느 봄날, '그냥' 퇴근을 한 아내와 함께 걸었다. 콜로드브르스카 거리까지 가진 않았지만 정적인 분위기와 거리의 수수함이 충분히 느껴졌고, 멀리 알프스 끝자락도 보였다. 높고 아름다운 하늘이 우리를 감싸고 있었다.

아내가 제때 퇴근하지 않았다면 느낄 수 없었을 행복이었다.

◎Walking Sound Track

〈직장인의 노래〉 by UMC/UW(**유승균**)

아내를 기다리며 즐겨 듣던 팟캐스트의 PD가 만든 음악. 방송만큼 좋다. 아니, 시원하다.

◆ 돔잘레의 타보르스카 거리에 서서 (남의) 집을 구경하는 것을 좋아한다. 물론 집들은 많지 않고, 대부분 집 주변에 '초록'들만 보이지만 말이다.

Osnovna šola_

슬로베니아어로 '초등학교'라는 뜻입니다.
제 딸은 슬로베니아 초등학교에 다니고 있습니다.

'첫' 무엇

10년 이상 아내와 살면서 함께 이룬 '첫'이란 '무엇'이 참 많다.

첫 결혼을 아내와 했고,

첫 자동차도 아내와 같이 샀고,

첫 전셋집을 아내와 함께 계약했고,

첫 아이를 낳는 아내의 고통스러운 모습도 곁에서 봤고,

첫 박사 학위도 우여곡절 끝에 아내 덕분에 받았고,

첫 직장도 아내랑 사귈 때 백수 티 안 내기 위해 다녔다.

그리고 여전히 아내가 나의 '첫'사랑이라고 (박박) 우기고 있다.

앞으로도 우리 앞에 수많은 '첫'이 생기겠지.

보통 '첫'이란 '무엇'에게 쫄거나 떠는 스타일이 결코 아닌데, 그렇다고 큰 기대를 하는 스타일도 역시 아닌데, 그날은 나도 어쩔 수 없었다. 물론 겉으로는 시시껄렁한 농담을 하면서 아무렇지도 않은 척을 했지

만, 시쳇말로 '후덜덜'이었다. 매사 생각 없고 큰 걱정 없이 사는 내가 그 정도였으니 반대 성향의 아내는 분명 훨씬 많이 떨렸을 것이다.

아침을 평소보다 일찍 그리고 더 든든하게 챙겨 먹고 셋이 함께 집을 나섰다. 나, 아내, 딸. 초행길이 아니었음에도 처음 가는 길처럼 조심스러웠다. 티볼리 공원에는 평소보다 인적이 드물었다. 중요한 날, 무언가를 최초로 하는 날 아침, 외국에서, 그것도 아무도 없는 공원을 한국인 셋만 가로지르는 일은 확실히 긴장감이 있었다.

아침 햇살은 우리에게 무척 친절했지만 앞으로 우리가 만날 사람들이 친절할지에 대한 확신을 주기에는 묵묵부답이었다. 이미 서류 제출 등을 위해 담당자를 만났었지만 담당자의 친절만으로 모두의 친절을 기대할 순 없었다.

공원을 빠져나오니 우리가 들어가야 할 건물이 보였다. 한국인의 눈에는 도무지 학교로 보이지 않는 건물이었다. 어린이들 그리고 또 어른들이 햇살처럼 친절한 표정을 지으며 건물 안으로 쏙쏙 들어가고 있었다. 예상대로 우리를 향한 사람들의 시선이 느껴졌지만 애써 태연한 척을 했다. 하지만 그들이 건넨 시선이 다행스럽게도 우리를 불쾌하게 하는 것은 아니었다. 오히려 반대에 가까웠고 일종의 '신기함', 그리고 호기심이 담긴 눈빛에 가까웠다.

건물의 문은 꽤 컸다. 지체 없이 2층으로 올라갔다. 그리고 3B(3학년 B반)라고 적힌 방 앞에 조용히 서 있었다. 3B, 앞으로 1년간 우리가 기억해야 할 기호.

나는 딸과 아내의 손을 꼭 잡고 있었다. 우리는 손에 손을 잡고 누군가

◆ 티볼리 공원이라는 큰 공원이 도시 한가운데 떡하니 자리잡고 있다. 아름다운 공원을 가로질러 걷는 것이 일상이 되어버릴 경우 주의할 것은 딱 한 가지, 너무 익숙하다는 소중함을 잊지 말아야 한다는 것!

가 오기를 기다리고 있었다. 곧 누군가가 올 거라 믿고 있었고 와야만 했다. 우리와 소통을 할 수 있는 누군가.

잠시 후, 그 누군가가 와서 3B 방의 문을 열어주었다. 방안은 노오란 느낌이었다. 따뜻하고 밝은 햇살을 고스란히 품고 있는 듯했다. 문을 열어줬던 사람이 우리는 알아들을 수 없는 말로 방안 사람들에게 뭐라고 말했다. 그 얘기를 듣고 웃는 사람들도 있었다. 기분 좋은 웃음소리였다. 그것은 확실히 환영의 의미였다.

방안에 있던 사람들이 하나둘씩 딸에게 다가왔다. 그리고 말을 건넸다. 슬로베니아어 인사말이었다. 딸은 수줍게 웃었다. 그 생경한 인사말 사이로 누군가가 소리를 질렀다. 한국어였다. 그것도 아주 정확한 발음의 한국어.

—안! 녕!

"안녕"을 크게 외친 소녀는 천진하게 웃었다. 나도 웃었다. 아내도 딸도 웃었다. 순식간에 방안에 환한 웃음이 퍼졌다.

딸이 슬로베니아 학교에 '첫' 등교하던 날, 우리는 그렇게 놀라운 경험을 했다. 그날의 아침 햇살보다 훨씬 따사로운 친절함을 느꼈다. 집으로 돌아오던 길의 화사함과 아내의 따뜻한 손을 잊을 수 없다.

그날 오후, 딸을 만나러 다시 학교로 가는 길. 우리는 오전보다 훨씬 더 긴장하고 있었다. 아내의 손에서 땀이 흘렀다. 티볼리 공원의 햇살은 오전보다 훨씬 좋았고 산책을 하는 사람들과 러닝을 하는 사람들도 많았고 심지어 오전에 한국어 인사말까지 들었건만 긴장감은 쉽사리 사라지지 않았다.

다시 같은 길로 같은 건물까지 갔다. 거대한 문을 열고 오전처럼 2층까지 올라가 아내와 나는 오전보다 훨씬 경직된 몸과 마음으로 조심스럽게 3B의 문을 두드렸다. 딸의 담임선생님이 웃고 있었다. 선한 미소였다. 딸은 아이들 사이에서 무언가를 하고 있었다. (말도 통하지 않을 텐데.) 선생님은 아무 일도 없이 하루를 잘 보냈다고 했다. (분명 무슨 일이 있었을 텐데.) 나도 아내도 어리둥절할 뿐이었다. 그리고 감사했다. 감사하다는 말을 몇 번이나 했는지 모르겠다.

감사합니다. 감사합니다. 감사합니다.

집으로 돌아오는 길, 아내는 딸에게 학교생활에 대해 하나하나 꼼꼼히 물어봤다. 티볼리 공원의 숲길에서 좋은 향이 났다. 딸은 평소처럼 또박또박 대답했다. 이른 가을바람이 살살 불어 기분을 좋게 했다.

딸은 이렇게 말했다. 말은 잘 알아들을 수 없었지만 아이들끼리 통하는 것이 분명히 있다고 했다. 집 밥만큼은 아니지만 급식도 맛있게 다 먹었다고 했다. 담임선생님이 특별히 더 많이 배려해준다는 느낌을 받았다는 말도 했고 내일은 더 즐거운 마음으로 등교할 수 있을 것 같다고도 했다. 그리고 공원 놀이터에서 조금 놀다 가고 싶다고 했다.

딸에게 긴장감은 보이지 않았다. 한국에서처럼 발랄한 꼬마 소녀로 돌아간 것 같았다. 아내의 얼굴에서도 긴장감이 사라지고 있었다. 딸은 이미 미끄럼틀을 향해 신나게 뛰고 있었다.

나는 9월 첫째 날 아내와 함께, 그리고 딸과 함께 또하나의 '첫' 무엇을 만들었다. 그것은 분명 기념할 만한 '첫' 무엇이었고 감사할 만한 '첫' 무엇이었다.

◆ 프레지호브 거리Prežihova ulica에는 프레지호브 보란츠Prežihov Voranc 초등학교가 있다. 프레지호브 보란츠(1893~1950)는 슬로베니아를 대표하는 소설가 중 하나이다. 작가 이름을 딴 학교라니, 역시 또한 부럽다.

요즘에도 딸의 학교에 가는 길에, 또 함께 집으로 걸어올 때마다 그날의 '첫' 느낌을 떠올리곤 한다. 그리고 다시 한번 감사하곤 한다.

◎Walking Sound Track

〈Happy Things〉 by **제이레빗**

딸이 가장 좋아하는 걸그룹(?)의 노래예요.

Pokopališče_

**슬로베니아어로 '공동묘지'라는 뜻이고,
류블랴나에는 잘레Žale라는 공동묘지가 있습니다**

내가 죽거든

이상하게 들리겠지만 '공동묘지 산책'을 좋아하는 편이다.

파리에 처음 갔을 때 퐁네프 다리를 보자마자 공동묘지에 뛰어갔다. 공동묘지 페르라셰즈Père Lachaise. 도어스의 짐 모리슨이 묻혀 있기로 유명한 곳이다. 묘지에 도착해서 일부러 지도를 보지 않고 한참을 찾아 헤맸던 기억이 난다. 보고 싶은 사람을 너무 쉽게 만나면 덜 낭만적인 것 같아서. 덕분에 쇼팽, 오스카 와일드, 프루스트, 모딜리아니도 만날 수 있었다. 수많은 예술가를 만날 수 있었던 매력적인 산책이라 기억 속에 선명히 남아 있다.

모스크바에 있는 노보데비치 수녀원 공동묘지도 좋아한다. 수녀원 바로 옆에 있는 공동묘지에 가면 개인적으로 '동서고금 우주 최고'의 작가라고 믿고 있는 고골이 있다. (그리고 고골만큼은 아니지만 너무나도 사랑하는 불가코프, 체호프도 그곳에 함께 잠들어 있다.) 공동묘지 옆에는 아름다운 수녀원과 차이콥스키가 〈백조의 호수〉를 작곡하기 전 영감을 얻었다는 설이 있는 호수도 있다.

하지만 수녀원이나 호수보다는 공동묘지가 더 좋다. 숙취가 덜 깬 어느 평일 아침, 모스크바의 찬바람을 맞으며 고골을 만나러 갔던 신선한 순간을 아직도 생생하게 기억한다. 유학 시절 내 정신을 맑게 해줬던 소중한 산책이었다.

페테르부르크에는 보고슬로브스코예 공동묘지가 있는데 그곳에는 러시아의 전설적인 로커 빅토르 최가 묻혀 있다. 빅토르 최에 관한 소설을 쓴 적이 있는데 보고슬로브스코예 공동묘지는 작품의 중요한 배경이 되어주었다. 나에게 장편소설 한 권을 선물한, 의미 있는 산책이었다.

공동묘지 산책 예찬론을 객관성 없이 늘어놓는다면 이렇다. 첫째, 공동묘지는 아름답다. (조경에 신경쓴 나무들, 아름다운 자태의 묘비들, 때론 묘비에 새겨진 멋진 문구까지!) 둘째, 공동묘지는 인적이 드물다. (공동묘지 산책을 좋아하는 사람은 생각보다 적은 듯!) 셋째, 다른 곳에서 만날 수 없는 위대한 사람들을 만날 수 있다. (앞서 언급했던!) 넷째, 삶과 죽음에 대해 다소 진지하게 고민해볼 수 있다. (삶과 죽음이 공존하는 장소!)

류블랴나에는 잘레라는 공동묘지가 있다. 잘레 역시 여느 공동묘지처럼 류블랴나 명소들과 같이 아름답고 한적하다. 시내 중심에서는 좀 떨어져 있지만 그래봐야 3~4킬로미터 정도이니 차로는 10분, 걸어서도 30~40분이면 갈 수 있다. 하지만 공동묘지 안을 천천히 걷다보면 30~40분은 금세 지나가버린다.

◆ 입구부터 웅장한 류블랴나 잘레 공동묘지. 입구부터 호기심을 자극한다.

누군가가 류블랴나의 건축물을 보고 감탄했다면 그것은 십중팔구 혹은 십중 '구십' 요제 플레치닉의 작품일 텐데 잘레 공동묘지pokopališče-Žale 역시 그의 작품이고, 그도 잘레에 잠들어 있다.

공동묘지 입구에 서면 높은 아치를 만나게 된다. '다른 세상으로 향하는 문'이라는 느낌이 든다. 아치 양옆으로 펼쳐진 오목한 형태의 열주식 스크린은 숭고미가 있다. 게다가 인적까지 드물어 "정말 여기 들어가도 되나?"라는 머뭇거림까지 자연스럽게 자아낸다.

건축의 기역도 모르는 소설가가 떠드는 찬사를 믿지 못할 독자들에게 영국의 미술 및 건축 칼럼니스트 마크 워빙의 말을 이렇게 전한다. "잘레는 '죽기 전에 꼭 봐야 할 세계 건축 1001 중 하나' 입니다."

잘레 공동묘지 산책중에 비석에 새겨진 이름들을 봤다. 비석 하나에

부부의 이름 혹은 가족의 이름이 함께 새겨진 것을 보니 너무 다정스러워 부러웠다. 그들은 같이 살고 같이 죽어 있구나! 당장은 아니더라도 저렇게 죽으면 좋겠다는 생각이 들었다.

잘 꾸며진 길을 지나 십자가 무덤을 지나 공동묘지의 끝까지 갔다가 수돗가에서 목을 좀 축이고 돌아가려는데 백발의 할아버지가 꽃다발을 들고 비석 앞에 앉아 있는 게 보였다. 그의 표정은 슬픔도 기쁨도 아닌 아주 일상의 것이었다. 퇴근한 가장의 얼굴처럼. 죽음 앞에서 저렇게 일상적일 수 있다는 것이 멋져 보였다.

그에게 그녀와의 삶이 일상이었던 것처럼, 죽음도 그의 일상이구나!

집에 돌아와 딸에게 잘레에서 찍은 사진들을 보여주며 농담조로 이렇게 말했다.

—딸아, 내가 죽거든 여기에 묻어다오!

딸은 쿨하게 대답했다.

—그래!

난 덧붙여 엄마도 꼭 함께 묻어달라고 했다. 딸은 또 한번 쿨하게 대답해줬다.

—그러지 뭐!

사랑하는 사람과 같이 사는 것보다 힘든 것이 같이 죽는 것, 함께 묻히는 것! 그것은 자신의 의지만으로는 불가능한 일이 아닌가! 꼭 잘레가 아니더라도 정말 어딘가에 두 사람이 함께 묻혔으면 참 좋겠다. 같은 시간은 아닐지라도 같은 장소에서 죽을 수 있다면 그것만으로 충분히 행복한 죽음이 될 것 같다.

◆ 묘지도 건물도 역시나 엄숙한 분위기다.

◆ 제대로 줄 선 십자가들. '저' 승에 있는 그들보다 '이' 승에 있는 우리들을 생각하게 만든다. 죽음 앞에서 떠올리는 게 결국 삶이라니.

그리고 바라건대 딸도 나처럼 공동묘지 산책을 좋아하는 사람으로 컸으면 좋겠다. 일상적인 모습으로 죽은 나와 아내를 만나러 왔으면 좋겠다. 좀더 과한 욕심을 부리자면 먼 훗날 딸도 같은 장소에서 잠들 수 있다면 좋겠다. 물론 딸은 함께 잠들고 싶은 '다른' 이를 만나겠지만.

내가 찍어온 잘레 공동묘지의 사진들을 보면서 우리는 길지 않게 삶과 죽음에 대해 이야기했다. 가족들은 아름다운 공동묘지의 사진들을 좋아했고 우리는 다음에 공동묘지를 함께 산책하기로 했다. 두 여자의 손을 잡고 공동묘지를 산책하는 상상, 그렇게 나쁘지만은 않다.

◎Walking Sound Track

〈쉬는 법을 잊었네〉 by **김동우**

종국에 멋지게 쉬려면, 배워야 할 것들이 참 많겠지?

Rožnik_

'로지닉'은 류블랴나에 있는 작은 언덕입니다.
등산과 산책의 중간을 느낄 수 있는 곳입니다.

도넛의 맛

꽤 추웠던 어느 날, 좀처럼 호들갑을 떨지 않는 아내가 호들갑스럽게 말했다. 류블랴나에서 정말 맛있는 도넛을 발견했다고, 그래서 꼭 같이 먹고 싶다고. 로지닉 언덕 위에 작은 카페가 있는데 그 카페의 도넛이 참 맛있다고 했다. 아내가 몇 차례 같이 가자고 했는데 이런저런 이유로 그간 함께할 수 없었다.

로지닉은 류블랴나 시내에 있는 작은 언덕이다. 이 작은 언덕에는 두 개의 정상이 있는데, 하나는 시시카Šiška 봉우리, 다른 하나는 찬카르Cankar 봉우리이다. 아내가 말한 곳은 찬카르 봉우리였다. 정상이 해발 400미터가 채 되지 않으니 올라가는 길을 등산이라고 표현하기엔 쑥스러울 지경이다. 시시카는 그것보다 조금 더 높지만 역시 400미터가 조금 넘을 뿐이다.

찬카르 봉우리는 다소 문학적인 의미를 지니고 있어 전부터 관심을 갖고 있었다. 류블랴나 곳곳에는 '이반 찬카르Ivan Cankar'라는 이름을 딴 거리와 공연장 등이 있다.

찬카르 선생은 슬로베니아의 대표 문인 중 하나다. 카프카, 조이스 등과 비견되는 것만으로도 그의 문학적 성취를 짐작할 수 있다. 그 때문인지는 모르겠지만 매년 하지夏至에 찬카르 봉우리에서 문학상 시상식이 열린다. 산속에서 펼쳐지는 문학 행사는 그 자체로 충분히 문학적이다. 그냥 상만 주고 마는 것이 아니라 공연과 작가와의 만남도 준비되어 있다. 시상식의 하이라이트는 모닥불을 피우고 축하해주는 것인데, 신성하고도 아름다우면서 원시적인 느낌을 준다. 문학은 태초부터 존재했다고 선언하는 느낌이랄까. 주술적이면서 경이로운 분위기가 마음에 든다. 200만 명밖에 쓰지 않는 언어를 위한 문학상이 이렇게 멋져도 되나 싶다. 참, 문학상 이름은 크레스닉Kresnik 문학상.

아내와 손을 잡고 천천히 '문학적인' 언덕을 올랐다. 꼬불꼬불한 길을 오르며 산에서 내려오는 몇몇 사람을 만났고, 인사를 나눴다. 미소를 주고받으며 기분이 좋아졌다. 언덕 중간에 외롭게 있는 집을 보며 이런 집에 살아보는 것은 어떨지 얘기를 나눴다. 겨울 한파에 쓰러진 나무들을 보며 안타까움을 나누기도 했다.

한 걸음, 한 걸음 함께하며 마음은 점점 따뜻해졌다. 한 마디, 한 마디 함께하며 아내의 표정은 점점 밝아졌다. 날씨도 우리의 마음을 대변했다. 따뜻한 봄볕이었다. 나는 평소처럼 시답지 않는 농담을 했다. 아내는 그런 시답지 않는 농담에 피식거리며 웃었다. 아내에게서 시詩다운 멋진 말을 건네고 싶지만 입 밖으로 나오는 건 늘 시답지 않은 농담뿐이었다.

오르막을 조금 올라가니 언덕 위에 가지런히 서 있는 분홍색 건물이 보였다. 마리아 방문 기념 성당Cerkev Marijinega obiskanja이었다. 아내가 이제 다 왔다고 했다. 정상으로 보이는 언덕 위에 노천카페가 보였다. 노란 벽에 빨간 지붕의 건물, 로지닉 식당이 아내가 말한 그 카페였다. 커피와 함께 도넛을 먹는 사람들이 보였다. 모두들 다정해 보였다. 모두들 달콤해 보였다.

에스프레소와 도넛과 버섯 수프를 주문했다. 아내는 내게 도넛이라고 설명했지만 내 눈엔 꽈배기로 보였다. 튀긴 빵 위에 설탕이 뿌려져 있었다. 한입 크게 베어 물었다. 아내가 맛있냐고 물었고 난 대답 대신 웃었다. 맛이 없진 않았지만 호들갑을 떨 만큼은 아니었다.

집에 오는 길에 아내에게 미안했다. 집에 와서도 미안했다. 도넛이 맛있었다는 말이 아내의 진심이었다면, 아내에게 더 맛있는 도넛을 사주지 못한 내 탓이다. 아내가 나와 산책을 할 구실로 도넛 얘기를 꺼낸 것이라면, 내가 아내와 시간을 많이 보내지 못한 탓이다. 그래서 미안했다.

그런데 아직 그 미안함을 표현하지도 못했다. 그래서 더욱 미안하다. 조만간 문학적인 언덕에 다시 올라 모닥불을 피워놓고 멋진 이벤트라도 해야겠다. 곧 다시 겨울이 온다.

◎**Walking Sound Track**

〈No Surprises〉 by **라디오헤드**

"넌 힘들고, 불행해 보인다You look so tired and unhappy." 아마도 내 탓일 거야! 미안해.

◆ 마리아 방문 기념 성당은 안보다 밖이 좋다. 작은 오솔길을 보고 있으면 어린이가 된 듯하다. 그리고 깡충 깡충 그 길을 뛰어올라가고 싶어진다.

Sanje_

슬로베니아어로 '꿈'이라는 뜻입니다.
제겐 당신이 비웃을지도 모르는 꿈이 있습니다.

당신의 꿈

꿈에 대해 묻고 듣는 걸 좋아한다. 잘 때 꾸는 꿈 말고 장래희망 뭐 그런 것 말이다. 동양에서 학생들을 가르쳤을 때도 서양에서 학생들을 가르치고 있는 지금도 기회가 닿을 때마다 물었고 또 묻고 있다.

—당신(혹은 여러분의) 꿈은 무엇인가요?

질문은 쉽지만 학생들로부터 대답을 얻긴 무척 어렵다. 이유는 간단하다. 꿈이 없거나 나(따위)에게는 자신의 꿈을 말하고 싶지 않거나. 전자도 후자도 충분히 이해한다. 꿈이 없는 사람도 분명 어딘가엔 존재하기 마련이고 하찮은 상대에게 꿈을 발설하기 싫은 마음도 이해가 간다. 간혹 질문을 받은 학생들이 대답 대신 질문을 하기도 한다.

—그럼 선생님 꿈은 뭐예요?

난 기다렸다는 듯이 바로 대답한다. 대답은 늘 똑같다.

—대통령!

상대방도 기다렸다는 듯이 바로 반응을 한다. 반응은 늘 한결같다.

—풋!

지난 학기 전공 수업 시간에 슬로베니아 학생들과 비슷한 문답을 한 적이 있다. 대통령이 되겠다고 하자 학생들은 웃었고, 학생들에게 난 진지한 얼굴로 부연 설명을 했다.

이런저런 이유로 내게 말은 안 했겠지만 너희들도 졸업 후 무언가를 하고 싶어한다는 것을 잘 알고 있다. 대부분이 이른바 좋은 직장에 들어가 일하고 싶겠지. 한국도, 슬로베니아도, 부르키나파소도 다르지 않을 것이다. 남들이 혹은 자신 스스로 인정할 만한 '좋은' 직장에 들어가서 일하는 것이 만만한 것은 아니잖아. 맞지? 적어도 몇십 대 일, 재수가 없으면 몇백 대 일의 경쟁률을 뚫어야 하잖아. 그에 비하면 대통령이 되는 것은 쉬울 것 같은데. 적어도 경쟁률로만 보면 말이야. 대통령 선거의 경쟁률은 운이 좋으면 이 대 일이고, 경쟁률이 높아봐야 십 대 일 이하잖아. 더군다나 나이 제한도 없고. 이렇게 내가 내 꿈을 말하면 나를 도와주겠다는 사람이 생길 수도 있거든. 더군다나 대통령이라는 자리는 대한민국에서 서울대 출신 비율이 가장 낮은 분야라고. 학력의 차별도 덜한 곳이라는 뜻이지. 나는 나이가 먹어도, 아니 나이 먹을수록 반드시 꿈이 있어야 한다고 생각하는 사람이야. 마라톤에 목표가 없다면 얼마나 힘들겠어? 내 앞에서 꿈을 고백할 필요는 없어. 하지만 적어도 스스로에게는 스스로의 꿈을 얘기할 수 있었으면 좋겠다.

얘기가 끝나고 한 학생이 이렇게 말했다.

—그럼, 슬로베니아 대통령이 되어주세요.

◆ 슬로베니아 국회 건물 앞에는 항상 한 명의 경찰이 서 있다. 그것도 한없이 지루한 표정을 지은 채다. 한없이 소박한 이들의 국회의사당이 나는 왜 이렇게 부러운 걸까?

교실 전체가 웃음바다가 되었다. 난 슬로베니아어를 못해서 힘들 것 같다고 했고, 학생들은 슬로베니아 정치인들도 슬로베니아어를 못하니까 괜찮다고 했다. 교실은 다시 웃음바다가 되었다.

아내에게 이 (다소 '웃픈') 이야기를 해줬다. 아내는 웃었고, 때마침 우리는 (공교롭게도) 슬로베니아 국회의사당을 지나고 있었다. 나는 우선 국회의원이 돼야겠다는 뜻으로 "저기 먼저 들어가야겠지?"라는 실없는 소리를 내뱉었다. 그리고 아내에게 조금 진지한 표정으로 물었다.

—당신은 꿈이 뭐야? 혹시 영부인?

아내는 답을 하지 않았다. 아내는 웃었고, 때마침 우리는 류블랴나를 대표하는 백화점을 지나고 있었다. 나는 아내가 물욕적인 꿈을 꾸고 있지 않기를 바랐다. 예를 들면 "저 백화점의 모든 명품을 쓸어담고 싶어!" 따위 말이다. 물론 물욕적 꿈의 가치를 평가절하하고 싶지 않다. 다만 가난한 남편의 입장에서 듣기 좋은 답이 아님은 분명하다. 아내가 입을 열었다.

—노벨상 만찬에 초대받는 거.

나도 모르는 사이에,

—풋!

아내는 웃음기 없이 계속 가던 길을 걸었다. 몇 발자국 더 걸은 뒤 아내가 아내다운 톤으로 다시 말했다.

—당신이 좋은 글을 쓰는 거!

분명히 아내의 말 뒤에 느낌표가 보였다. 그것이 아내의 꿈이었다. 내가 좋은 글을 쓰는 것!

집에서 일터로 가는 길에 국회의사당과 막시Maxi 백화점을 지나게 된다. 그 길을 지날 때면 가끔 슬픔이 밀려온다. 아내에겐 자신(만)의 꿈이 없구나! 모두 꿈을 가질 필요는 없다지만 왠지 사랑하는 사람이 자신 '만' 의 꿈을 가지고 있지 않다는 사실이 적어도 내겐 슬픔이었다.

일터에서 집으로 가는 길에 백화점과 국회의사당을 지나게 된다. 그 길을 지날 때면 가끔 행복에 빠져든다. 내가 아내의 꿈을 이뤄줄 수 있구나! 왠지 사랑하는 사람의 꿈을 이뤄줄 수 있다는 사실에 행복해진다. 엄밀히 말하자면 그것은 '우리의' 꿈이기도 하고.

그리고 다짐해본다. 아내의 꿈이 꼭 이뤄지길 바라고 또 노력해야지.

그런데 가만, 결국 나의 롤모델은 영국의 수상이자 노벨문학상 수상자였던 윈스턴 처칠이어야 한다는 말인가? 그건 좀 씁쓸한데.

◎Walking Sound Track

〈변호인〉(영화 〈변호인〉 OST 중) by **조영욱**

기왕이면 삶의 과정도 결말도 희극(적)인 대통령이 되고 싶어요!

◆ 막시 백화점이 류블랴나는 물론이고 슬로베니아를 대표하는 백화점임에 틀림없지만, 쇼핑을 기대하진 마시라. '자본주의적' 백화점이라는 말보다는 (만약 그런 것이 있다면) '공산주의적' 백화점에 가까운 곳이니까.

Študij_

슬로베니아어로 '공부'라는 뜻입니다.
특히, 대학에서 하는 공부를 말하지요.

당신이 하고 싶어서 하는 일

언젠가 친구가 말했다.

—(병)윤아, 너 원래 공부하는 거 좋아하잖아.

내가 금시초문이라는 표정을 짓자 친구가 다시 말했다.

—이상한 표정 짓긴. 그거 너만 몰랐을 거야.

그러고 보니 여덟 살 때부터 지금까지 난 쭉 학교에 있었다. 2년 2개월의 군복무 기간을 제외하곤 어떤 방식으로든 학교에 소속되어 있었다. 그 흔한 휴학도 안 했고 재수조차 '못' 했다.

그렇게 계속 학교 울타리 안에 있었다. 바로 공부하는 곳에 말이다. 공부를 싫어하는 사람이 30년 이상 공부하는 곳에 머물러 있을 순 없겠지. 더군다나 돈도 떡도 주지 않는데. 그렇다. 나는 그냥 공부하는 것을 좋아하는 사람이었나보다.

2013년 10월부터 2학기 동안 슬로베니아어를 배우기 위해 슬로베니아어 센터에 다녔다. 아무도 다니라고 강요하지 않았는데 자발적으로 찾아가 등록을 하고, 레벨 테스트를 보고, 일주일에 두 번씩 빠지지 않고 센터에 갔다.

센터에 가는 길이 참 좋았다. 공부하러 가는 길이 참 좋았다. 다들 출근한 아침에 동네의 골목을 걷는 것은 결코 흔한 체험이 될 수 없다. 아무나 할 수 없는 일이기 때문이다.

콧노래가 절로 나왔다. 골목을 빠져나와 기찻길을 건넜다. 당연히 건너지 말라고 쓰여 있지만 못 본 척하고 슬쩍 건너면 된다. 이 역시 흔한 체험이 아니다. 배우러 가는 길에 배운 대로 하지 않는 것. 즐겁다. 기찻길을 건너 다른 동네로 접어들었다. 발걸음이 가벼웠다. 내가 살지 않는 조용한 주택가를 홀로 걷는 것조차 특별한 느낌이다.

내가 사는 곳은 시시카, 기찻길 건너편은 베지그라드Bezigrad. 우리식으로 말하자면, 구區가 바뀌는 것이다. 동네의 풍경도 조금 다르다. 내가 사는 곳이 좀더 시골스럽고 기찻길 건너는 오래전부터 주택가가 형성되었던 지역이라 더욱 정돈된 느낌이 든다. 흔한 골목들을 걷고 있는 중에도 룰루랄라 마음이 가볍다.

듣지 않아도 될 슬로베니아어 수업 때문에 오전에 못한 일들을 집에까지 싸 들고 갈 것이 뻔한데 슬로베니아어 수업이 끝나자마자 내 수업 준비를 위해 학교에 미친듯이 달려가야 할 것을 알면서도 기분은 좋다.

날씨가 좋은 날에는 날씨가 좋아서, 날씨가 좋지 않은 날에는 언젠가 날씨가 좋아질 것을 아니까, 좋다. 그렇게 배우러 가는 길은 늘 행복하다.

그래, 나는야 공부를 좋아하는 인간.

모스크바 유학 시절, 너무 힘들어서 투정부릴 것을 작정하고 아내에게 전화를 한 적이 있다. 겨울날 하굣길이었다. 수화기 너머로 아내의 차분한 목소리가 들려왔다. 난 울먹이며 힘들다고 했다. 이 넓은 땅에서 홀로 있는 것이 힘들고, 아무리 노력해도 들리지 않는 외국어 때문에 미치겠다고 했고, 춥고 어두운 날씨도 지겹다고 했고, 사람들의 무뚝뚝함에 구역질이 난다고 했다. 무엇보다도 그리움에 못 살겠다고!

나는 아내의 말은 들을 생각도 하지 않고 그렇게 계속해서 떠들었다. 휴대전화를 들고 있던, 두꺼운 장갑을 낀 손이 시릴 정도로 오래 떠들었다. 눈물이 났는지는 정확히 기억이 나지 않는다. 하지만 눈물이 났다고 해도 이상하지 않을 정도로 난 힘들었다. 눈물이 났다면 곧 얼었겠지. 아내는 한참 동안 내 얘기를 듣고 한마디 툭 던졌다.

—당신이 하고 싶어서 한 일이에요.

동갑인 아내는 내게 가끔 존댓말을 한다. 존댓말에는 분명히 더 강한 힘이 있다. 난 더이상 말을 이을 수 없었다. 미안하다는 말도 제대로 하지 못하고 전화를 끊었다. 남은 눈길을 걷는데 마음이 가라앉았다.

내가 하고 싶어서 한 일.

그랬다. 그냥 내가 좋아서, 내가 하고 싶어서 한 일이었다. 아무도 내게 유학을 강요하지 않았다. 그 탓에 아내는 한국에서 딸과 단둘이 지내야 했고, 가끔은 내게 생활비도 부쳐줘야 했고, 내가 들고 다니던 가방보다 훨씬 무거운 딸을 안고 주말마다 대중교통으로 세 시간 이상 왕복해야 했다. 오로지 나의 부모를 보기 위해.

아내는 그렇게 하고 싶지 않았을 것이다. 분명히. 그때 아내가 그렇게 말해주지 않았다면 난 당시도 지금도 내가 하고 싶어서 하는 일의 의미를 몰랐을지도 모른다.

하고 싶은 일이 쉬운 것만은 아니다. 친구가 아니었다면 내가 좋아하는 것이 무엇인지 몰랐을 것이고, 아내가 아니었다면 하고 싶은 일을 하고 있는 나를 발견하지 못했을 것이다.

덕분에 난 소소한 골목을 걸으면서 아무도 배우지 않는 슬로베니아어를 배우러 가는 길에도 행복하다. 남들이 보면 그저 그런 유럽 소도시의 흔한 골목들일지 몰라도 그 길을 걸으며 난 또 하고 싶은 일을 하러 간다는 생각에 행복해진다. 감사한 마음이 절로 든다. 어찌 그 길이 그 걸음이 좋지 않을 수 있을까? 이 골목의 평범함까지 완전 좋다.

이제는 내가 아내에게 이런 말을 해주고 싶다.

—이제 당신이 하고 싶은 일을 할 차례예요.

나 역시 가끔 아내에게 존댓말을 하곤 한다.

언젠가 아내도 평범한 아침 골목을 걸으며 내가 느낀 바로 이 즐거움을 느낄 수 있었으면 참 좋겠다. 그것이 꼭 류블랴나일 필요는 없고. 물론 아름다운 류블랴나의 골목이라면 더 좋고.

◎Walking Sound Track

〈Waltz for Debby〉 by **빌 에반스**Bill Evans

당신이 느꼈으면 하는 건 딱! 이 정도의 경쾌한 행복.

◆ 티볼리 공원 벤치는 여유롭다. 그래서일까. 쉽사리 앉고 싶지가 않다. 언제든 앉을 수 있다는 여유가 조급증을 잠자게 만든다.

Tivoli_

류블랴나를 대표하는 공원이 '티볼리'입니다.
하루도 빠짐없이 이 공원을 지납니다.

지갑을 챙기세요

우리는 길을 잃었어요.

한동안 못 움직일 정도로 허리가 아팠던 아내가 걸을 수 있을 정도로 괜찮아졌다고 했어요. 그래서 산책을 해보기로 했어요. 집 앞 공원이 좋겠다고 생각해 아내와 딸의 손을 잡고 티볼리 공원으로 나갔어요. 바람도 좋았고 햇볕도 좋았고 기분도 좋았어요. 건강해져가는 아내의 모습을 보고 있으니 신났어요. 아내의 미소를 보고 웃는 딸을 보니 더욱 신났어요. 아내가 괜찮다고 해서 조금 더 산책을 하기로 했어요. 공원과 이어진 산길로 발길을 옮겼어요. 삼림욕을 하는 기분이었어요. 몸도 마음도 깨끗해지는 기분이었어요. 행복한 휴일이란 이런 것이구나, 가족이 함께 누리는 기쁨이란 이런 것이구나, 그 행복과 기쁨을 조금 더 누리고 싶었어요. 그래서 조금 더 걷기로 했어요. 천천히 산으로 올라갔어요. 한 번도 가본 적이 없는 산길로 들어갔어요. 하지만 길을 잃을 것이라고 생각하지 않았어요. 처음 오르는 이국의 산은 우리에게 혼란을 줬어요. 갈림길이 나올 때마다 집과 멀어지는 길을 택했어요. 두 시간이 넘게 헤맨 끝에 간신히 하산할 수 있었어요. 우리는 산을 넘어 모스테치Mostec라는 마을에 도착했어요. 처음 보는 동네였어요. 도무지 어딘지 알 수 없었어요. 사람들에게 물어물어 버스 정류장까지 간신히 찾아갔어요. 하지만 돈이 없었어요. 집 앞 공원에 잠시 나갔다가 금방 들어갈 줄 알고 아무도 지갑을 챙기지 않았어요. 지나가는 택시도 없었어요. 류블랴나에서는 지나가는 택시를 잡기가 무척 어려워요. 대부분 예약을 통해 택시를 이용해요. 결국 집까지 걸어가기로 했어요. 아니 그럴 수밖에 없었어요. 아내는 고통스런 얼굴로 딸은 걱정스런 얼굴로 따라왔어요. 낯익은 길이 나왔지만 집까지는 멀었어요. 버스로 다섯 정거장 정도 가야 했어요. 딸과 함께 허리가 아픈 아내를 부축했어요. 한 걸음, 한 걸음 천천히 걸었어요. 산책을 시작할 때와는 사뭇 다른 무거운 걸음이었어요. 지나가던 사람들이 우리를 쳐다봤지만 우리는 신경쓰지 않았어요. 한참을 걸어서 집에 도착했어요. 아내는 땀을 많이 흘렸어요. 딸 역시 옷이 다 젖었어요. 집에 들어와 아내는 침대에 누웠어요. 딸도 지친 표정이었어요. 하지만 아무도 불평을 하진 않았어요. 아내는 아프다는 말조차 하지 않았어요. 한참 뒤 우연히 아내가 쓴 글을 읽게 되었어요. 아내는 그날의 일을 고마움으로 표현하고 있었어요. 힘든 자신을 위해 부축을 해줬

◆ 대체 공원에 왜 놓여 있는지 알 수 없는 것들. 그중 하나가 화분들. 보기 싫어서가 아니라 왜인지가 살짝 궁금할 뿐.

Tivoli

던 가족들에게 감사하다고 했어요. 저는 그날 함께 걸었던 첼로브슈카 대로와 시센스카 Šišenska 대로를 지날 때마다 미안해요. 아내에게도, 딸에게도.

우리 가족은 그다음부터 가까운 집 앞에 나갈 때도 꼭 지갑을 챙긴답니다. 참, 이제 아내는 건강해요. 우리 가족은 여전히 산책을 자주 하는 편이고 길은 잃지 않아요.

◎Walking Sound Track

〈철가방을 위하여〉 by **철가방프로젝트(박광호)**

지치고 허기질 때, 짜장면 한 그릇 시켜먹을 수 있었으면 좋겠지만,
류블라나에는 짜장면이 없어요.

Urin_

슬로베니아어로 '소변'이라는 뜻입니다.
당신은 길을 걷다가 소변을 보고 싶을 때 어떻게 하나요?

길 위에서 오줌

푸지네Fužine 성을 보고 싶어서 차를 몰고, 동東 류블랴나에 간 적이 있다. (엄밀히 얘기하면 류블랴나의 남동부라고 할 수 있다.) 류블랴나 시내에서 6킬로미터 남짓 떨어진 곳이니 대도시에 사는 사람들 기준으로는 그저 같은 동네일 뿐이다. 하지만 막상 걸어가려면 한 시간 이상 걸리기 때문에 차를 몰고 갔다. 당연한 얘기지만 류블랴나와 같은 작은 도시에 살다보면 거리의 개념은 완전히 달라진다. 고로 6킬로미터는 내겐 꽤나 먼 거리인 셈이 된다.

후딱 차를 몰고 가 천천히 걸으며 푸지네 성 주변을 찬찬히 둘러보고 싶었다. 가는 시간은 줄이고 가서는 여유롭고 싶었다.

차를 성 근처 아파트 단지에 세웠다. 주변은 류블랴나의 여느 곳처럼 조용했다. 고요함만 존재했다. 아파트 맞은편에는 아무것도 없었다. 아니, 대형 슈퍼로 보이는 단층 건물과 사람 없이 햇빛을 받고 있는 비스

◆ 작디작은 류블랴나 안에서도 지역마다 색이 조금씩 다른데 그중 좀 특별한 색을 지닌 푸지네는 아파트 단지와 (시골식) 전원주택과 자연이 어우러진 지역이다. 회색과 녹색이 공존하는 곳.

종점이 있었다. 그것뿐이었다.

길이 안내하는 대로 걸었다. 길은 내게 서두르지 말라고 했다. 가던 대로 가면 된다고 했다. 인적은 드물었고 이정표도 안내판도 보이지 않았다. 그저 걷다보면 성이 나올 것 같았다. 어쩌면 안내판이 보이지 않은 것일지도 모르겠다. 길이 가라는 대로 5분 정도 걸으니 성이 보였다.

성은 크지 않았다. 나와 같은 방향으로 걷는 사람은 없었고 가끔 역방향으로 걸어오는 사람이 보였다. 그들은 풍경과도 같았다. 바람과도 같았다.

르네상스 양식으로 알려진 푸지네 성. 어쩌면 그 '르네상스'라는 수식어에 현혹되었던 것일지도 모르겠다. 우리는 알게 모르게 '르네상스'에 대한 감상적인 기대를 많이 하고 있다. 주변을 둘러보면 르네상스가 참 많기도 하다. 한강 르네상스, 마을 르네상스 사업, 독서 르네상스 운동, 철도 르네상스, 도로 르네상스 사업, 심지어 미디어 르네상스까지.

나 역시 '르네상스'를 사랑하는 한국인이었나보다. 진짜 르네상스가 뭔지도 모르면서 말이다.

성은 16세기, 성 안뜰은 17세기, 성 주변의 공원은 19세기에 각각 만들어졌다고 한다. 그리고 20세기부터 성안에는 박물관과 식당이 있었다.

솔직히 성은 별로였다. 기대를 많이 한 탓이었을까? 강둑에 걸터앉아 있는 듯 자리를 잡고 있는 성은 그 위치 하나는 기가 막혔지만 주변 경관도, 내·외부도 볼거리라고 하기엔 살짝 민망한 수준이었다. 하얀 벽과 붉은 지붕은 그다지 감흥을 주지 못했다. 그래서인지 성을 구경하는 사람도 없었다. 성 앞을 지나는 사람들이 가끔 보였지만 동네 주민이 확실

했다. 성의 안뜰은 그다지 넓지 않았다. 성안을 '슬로베니아 디자인&건축박물관'으로 쓰고 있었는데, 역시 관람객은 보이지 않았다. 직원 두 명이 이야기를 나누고 있었다. 박물관 전시보다는 직원들의 대화 내용이 궁금했다.

슬로베니아에 살고 있는 '나'에겐 익숙하면서도, 서울에서 온 '나'에겐 생경한 풍경이 펼쳐져 있었다. 바로,

한적함의 당연함.

그 저명한 '런던 왕립학회' 회원이자 슬로베니아 최고의 박물관학 석학인 요한 베이크바르드 폰 발바소르 선생이 아름답다고 극찬한 성이건만 내겐 영 별로였다. 역시 시대에 따라 아름다움의 기준은 변하는 건가? 국적에 따라 성의 아름다움에 대한 기준은 다른 것일까?

성을 둘러보고 발걸음을 옮겼다. 성 앞에는 지금은 움직이지 않는 수력발전소가 보였고 성 옆에는 류블랴나 강을 건널 수 있는 다리가 보였다. 푸지네 다리Fužinski most. 돌다리는 다소 휑한 느낌을 줬다. 단지 사람이 없기 때문만은 아니었다. 다리는 분명히 특별한 쓸쓸함을 지니고 있었다.

남녀가 다리를 건너고 있었다. 인적이 드문 탓에 남녀는 크게 눈에 띄었다. 모자母子 같았다. 중학생 이상 되어 보이는 제법 덩치가 큰 아들은 주변을 두리번거리며 다소 어수선하게 걷고 있었고, 엄마는 천천히 멀리서 봐도 차분한 느낌으로 아들을 따라 걷고 있는 것이 느껴졌다.

그들과 내가 건너고 있던 다리 오른편으로는 철강업의 흔적들이 보였다. '푸지네'라는 말이 '제철소'를 의미한다고 들은 적이 있다. 강 주변

에 오래된 고철들이 보였다. 시간과 함께 모든 것이 멈춰 있는 듯했다. 다리를 건너니 다른 느낌 다른 분위기의 마을이 보였다.

한적함에 한적함이 더해진 그런 느낌.

주변의 한적함과는 도무지 어울리지 않는 요가 학원이 멋진 건물을 차지하고 있었다. 가끔 자전거를 타고 지나가는 주민들이 보일 뿐이었다. 나무들 사이로 산책로가 보였다. 산책로 왼편에는 주택들이 줄지어 있었다. 그것은 또하나의 산책로를 만들고 있었다.

아까 봤던 모자가 여전히 내 앞을 걷고 있었다. 아들은 가끔 깡충깡충 뛰었고 엄마는 여전히 일정한 거리를 두고 그를 따라 걷고 있었다. 포장되지 않은 산책로에 몸을 실었다. 마치 무빙워크 위에 올라선 것처럼 산책로에 발을 옮기자 내 몸은 어딘가로 움직였다.

길의 힘.

걷게 만드는 길의 특별한 힘.

나무들 사이로 걷고 있으니 숲속을 걷는 느낌이었다. 포장되지 않은 길을 걷는 느낌, 흙을 밟는 그 느낌이 좋았다. 앞서 걷던 모자가 티격태격하는 것 같았다. 그들과 나의 간격이 좁혀지고 있었다. 푸지네 성은 기대 이하였지만 조용한 산책로는 참 마음에 들었다. 긍정적 기시감이 느껴지는 편안한 길이었다. 어디선가 만났던 것 같은 아름다운 길. 적당히 따사로운 햇살이 기다렸다는 듯이 긍정성에 힘을 보탰다.

걷기 좋은 길, 걷기 좋은 날, 걷기 좋은 볕이었다. 모자가 멈춰 서서 서로를 향해 소리를 지르고 있었다. 아들의 발음은 슬로베니아어를 잘 모르는 내가 들어도 어눌했다. 엄마는 최대한 부드럽게 말하려 노력하고 있는 듯했다. 개학 직후 초등학교 1학년 담임교사처럼 말이다.

잠시 뒤, 아들이 한적하고 아름다운 산책로 한가운데서 바지를 내렸다. 엄마의 얼굴에 절망과 체념이 보였다. 난 아들의 엉덩이를 보며 계속 걸었다. 엄마의 얼굴도 봤다. 그의 엉덩이가 나와 점점 가까워졌다.

아들은 소변을 보고 있었다. 길 위에서 아무렇지도 않게 소변을 보고 있었다. 아니 해맑게 웃으며 소변을 보고 있었다. 아들은 기분이 좋은지 고개를 흔들며 이리저리 움직였다. 움직일 때마다 산책로 바닥에 소변 자국이 생겼다. 엄마의 손이 눈가로 향했다. 보고 싶지 않은 광경. 밝은 햇살 사이로 그녀의 한숨이 보이는 듯했다. 반대편에서 걸어오던 사람들이 조심스럽게 아들을 피했다. 그리고 못 본 척하며 갈 길을 갔다.

내가 아들을 지나칠 때였다. 최대한 길 끝으로 걸었다. 무서워서 피한 것이 아니었다. 더러워서도 아니었다. 그저 그의 행위를 방해하고 싶지 않았다. 그런데 아들이 갑자기 뒤로 돌았고 난 아들의 얼굴, 그리고 보지 않아도 좋을 것까지 보고 말았다. 아들의 바지는 이미 젖어 있었다. 엄마는 나에게 미안하다는 눈빛과 함께 목례를 했다. 나 역시 목례와 함께 괜찮다는 눈빛을 보냈다. 그 이외에 보여줄 수 있는 것이 떠오르지 않았다. 내 걸음의 속도가 빨라지는 것을 느꼈다. 난 점점 빨리 걷고 있었다. 점점.

산책로 끝에서 찻길을 만났다. 그 너머로는 시골 마을이 보였다. 길을 건넜다. 그리고 시골길을 걸었다. 산이 보였고, 소가 보였고, 농부들이 보였다. 그제야 나는 뒤를 돌아볼 수 있었다. 멀리 모자가 보였다. 여전히 아들은 기분이 꽤 좋아 보였고 엄마는 꽤 차분해진 듯했다.

◆ 푸지네 다리는 확실히 볼품없다. 하지만 그 위에서 본 류블랴나 강은 좀 다르다. 왠지 더 깊을 것 같다. 빠질 것만 같은 충동을 불러일으킨다.

그 길 위에서 난 두 가지 생각을 했다. 내 자식이 평범해서 다행이라는 지극히 평범한 생각. 그리고 그동안 아내는 저런 친구들과 어떻게 소통하며 지냈을까 하는 생각.

2000년대 초 아내의 가장 친한 친구가 갑자기 쓰러졌다. 그리고 의식을 잃었다. 난 아직도 정확히 그녀의 병명을 기억하고 있다. '하이폭식 브레인 인저리hypoxic brain injury'. 뇌에 산소가 공급되지 않아 문제가 생기는 병이라고 했다. 의사는 깨어나도 정상인이 될 확률이 낮고 언어(소통)에 문제가 있을 것이라고 했다. 즉 깨어나도 언어장애가 생긴다는 것이었다.

그녀는 이른바 명문대를 졸업하고 자타가 공인하는 우리나라 최대의 기업에 들어가기로 되어 있었다. 쓰러지기 직전까지 취업이 확정된 그 기업에서 요구한 선수 과제를 준비하고 있었다고 했다. 그 과제를 준비하다가 갑자기 쓰러져버린 것이다.

아내는 퇴근 후 매일같이 친구의 병실을 찾았다. 나 역시 시간이 나는 대로 병원을 찾아갔다. 친구 부모님의 표정은 점점 어두워졌다. 의사들도 점점 희망적인 이야기를 자제하는 것 같았다. 그리고 슬픈 이야기가 늘 그러하듯 죽음이 찾아왔다. 아내는 많이 울었다. 나 역시 도저히 상상할 수 없는 슬픔이었다.

그 친구의 죽음 뒤 아내는 잘 다니던 회사를 그만뒀다. 그리고 언어치료사가 되겠다고 했다. 난 말릴 수 없었다. 의사가 "깨어나도 언어장애가 생길 수 있다"고 말한 순간부터 언어치료사가 되겠다고 맘먹었다고 했다. 몇 년 뒤, 우여곡절 끝에 아내는 관련 대학원에 진학했고 직장생

활, 육아, 가사를 병행하면서 자격증을 땄고 결국 언어치료사가 되었다. 그리고 몇 년간 병원, 복지관 등에서 언어치료사로 일했다.

아내의 환자들은 대부분 어렸고 정신과 마음에 문제가 있었다. 단지 말을 못하는 것이 아니었다. 이유 없이 소리를 지르거나 땅에 떨어진 과자, 혹은 자신의 코딱지를 먹는 친구들도 있었다. 물거나 때리는 등 폭력을 쓰는 아이들도 있었고 감정 조절이 어려운 경우도 많았다. 하지만 환자의 부모는 대부분 차분했고 천천히 자식들의 길을 따라 걸었다. 자식이 말을 못해도, 혹은 그 이상의 어려움이 있어도 그냥 따라 걸을 수밖에 없는 운명을 가진 사람들이었다.

아내는 꽤 긴 시간을 그런 그들 곁에서 함께 걸었다. 차분히 그리고 또 차분히. 아내는 그런 그들과 어떻게 소통할 수 있었을까? 아내 역시 부모였기 때문에 가능했을까? 친한 친구의 죽음을 떠올리며 그들을 묵묵히 도왔던 것일까?

아내의 지난날을 생각하며 한참을 걸었다. 햇살은 뜨거워졌고 돌아갈 길을 걱정해야 했다. 본디 목적지가 없었기 때문에 아무데서나 쉽게 돌아설 수 있었다. 산과 소와 농부 들을 뒤로 하고 발걸음을 돌렸다. 다시 차가 서 있는 푸지네 성 근처까지 돌아가야 했다.

돌아가는 시골길. 모자가 보였다. 둘은 대화를 나누고 있는 것 같았다. 둘 다 표정이 나쁘지 않았다. 나는 모자 옆을 지나쳤다. 아들이 나를 보고 웃었다. 나도 따라 웃었다. 분명히 어색한 웃음이었겠지만. 엄마는 다시 내게 목례를 했다. 나 역시 어색하게 목례를 했다. 다시 산책로를 걸었고, 다시 요가 학원을 지났고, 다시 기대 이하였던 푸지네 성을 지났다.

차에 앉아 라디오를 켜고 다시 아내 생각을 했다. 슬펐다. 길 위에서 오줌을 쌌던 아들도 떠올랐다. 더 슬펐다. 엄마의 얼굴도 떠올랐다. 더 슬펐다. 다시는 푸지네 성을 찾지 않을 것 같다. 특히 아내와는 함께 가지 않을 것이다.

그저 세상의 모든 모자가 행복하게 길을 걸을 수 있었으면 좋겠다. 서로 더 편하게 말할 수 있었으면 좋겠고 오줌도 더 편하게 쌀 수 있었으면 좋겠다. 무엇보다 아내의 친구가 하늘나라에서 편히 쉬고 있었으면 좋겠다.

◎Walking Sound Track

〈Remember you〉 by **메이세컨**

아내의 친구, 숙진을 기억하며.

Ven_
슬로베니아어로 '밖'이라는 뜻입니다.
가끔은 안보다 밖에 있는 것이 좋아요.

포스토이나로 오세요

포스토이나Postojna는 슬로베니아 최고의 관광지 중 하나다. 류블랴나 남서쪽에 위치한 작은 도시로, 수도와는 50킬로미터 정도 떨어져 있어서 차로는 채 한 시간도 걸리지 않는다. 인구가 만오천 명 정도밖에 되지 않으니 한국 사람들의 눈에는 그저 그런 시골로 밖에 보이지 않을 것이다.

이 시골에 세계에서 두번째로 긴 카르스트 동굴이 있다. 테마파크에서나 볼 수 있는 작은 기차를 타고 2킬로미터 정도 동굴 안으로 들어가면 3킬로미터 남짓의 아름다운 지하 산책로를 만날 수 있다. 원하는 언어로 동굴에 대한 설명도 들을 수 있으며(한국어 안내를 듣고 싶으면 매표소에서 키트를 대여할 수 있고 영어, 이탈리아어, 슬로베니아어를 하는 가이드들이 동굴 안에서 기다리고 있다), 한 시간 반 정도 도보로 동굴 안을 구경할 수 있다.

종유석, 석순, 석주 등 지구과학 교과서 속 사진으로만 봤던 것들이 이름다운 조명과 함께 눈앞에 펼쳐진다. '신비하다'는 말은 딱 이럴 때 써야겠다는 생각이 들게 하는 광경들. 현대 영국 조각의 개척자 헨리 무어 선생은 포스토이나 동굴을 보고, "자연이 만든 가장 경이로운 미술관"이라고 극찬했다고 한다. 그러고 보니 무어의 추상적인 조각들이 동굴이 만들어낸 절경과 비슷한 것 같기도 하다.

동굴 속 또하나의 볼거리는 동굴 산책 끝 무렵에 볼 수 있는 '프로테우스proteus'라는 생명체이다. 영어로는 'human fish'라고 하는데 '인어'라고 번역하기엔 좀 무리가 있고 '인간 물고기'라고 하는 편이 나을 것 같다. '인간 물고기'로 불리는 이유는 생김새 때문이 아니라 피부색 때문이다. 프로테우스의 피부색이 사람과 비슷하다고들 하는데 수족관 안에서 부동자세로 있는 프로테우스의 피부색은 나와는 영 다르다. 생김새는 도마뱀과 비슷한데 아주 작고 움직임도 없다. 빛이 없고 먹이가 적은 동굴 속 환경에 완벽하게 적응한 생명체 중 하나라고 한다. (볼 필요가 없으니까) 눈이 없고 (무언가를 먹기 힘드니까) 수년간 아무것도 먹지 않아도 살 수 있다고 한다. 부럽기도 하고 안쓰럽기도 하다. 볼 수 없는 삶은 안쓰럽고 먹지 않아도 되는 삶은 부럽다.

동굴이 그 지역의 대표 관광 상품이긴 하지만 개인적으로는 포스토이나에 있는 또하나의 명물이 동굴보다는 좋다. 바로 성城이다. 이상하게도 자연이 만든 것보다는 인간이 만든 것에 더 끌린다. 신께 외람된 말씀이 될지도 모르겠지만 이렇게 생각해버린다. 신이라면 (당연히) 그 정도는 만들어줘야 하는 것 아닐까? 명색이 신인데!

그래서 동굴은 무척 아름답지만 신이 만들어준 것이라고 생각하면 금세 시시해진다. 아무래도 인간적인 무언가에 더 끌리는 모양이다. 아니면 신을 너무 높게 평가하고 있는 것일지도.

포스토이나 동굴Postojnska jama에서 9킬로미터 떨어진 곳에 프레드야마 성Predjamski grad이 있다. 이름이 성의 성격을 잘 설명해준다. '프레드pred'는 '앞'이라는 의미이고 '야마jama'는 '동굴'이라는 뜻. 그러니까 이름을 풀이하자면 '동굴 앞에 붙어 있는 성' 정도 되겠다. 실제로 프레드야마 성은 절벽 앞에 붙어 있고 성 내부에는 동굴과 연결된 통로가 있다. 성 사람들이 동굴을 통해 다른 곳으로 피신할 수 있는 구조이다.

이 고딕 양식의 멋진 성은 13세기에 처음으로 역사에 등장한다. 이 성을 대표하는 인물로는 15세기에 성에 살았던 에라젬 루에거Erazem Lueger 혹은 독일식으로 에라스무스 폰 루에그Erasmus von Luegg라고 불리는 기사가 있다. 이탈리아 트리에스테의 귀족 집안에서 태어난 에라젬 기사는 신성로마제국과 갈등을 일으키고 프레드야마 성으로 피신한다. 그리고 포스토이나 지역에서 일종의 의적 활동을 한다.

당시 제국의 황제였던 프리드리히 3세는 에라젬을 굶겨 죽일 계획으로 음식물 공급을 중단했는데 에라젬은 성안에서 아주 오랫동안 죽지 않고 버텼다고 한다. 사람들은 이를 아주 신기하게 생각했는데 후에 알려진 바로는 성에 연결된 동굴에 비밀 통로가 있었다는 것이다. 그 길을 통해 음식물을 공급할 수 있었다고 한다. 그렇게 숨어서 저항하던 기사는 배신한 부하 때문에 성 가장 꼭대기에 있는 화장실에서 대포에 맞아 최후를 맞았다고 한다. 그야말로 '웃픈' 최후라고나 할까?

성 앞에는 중세 기사들의 결투장이 있다. 독일어로 '됴스트tjost', 영어

로는 '자우스팅jousting'라고 하는 결투를 할 수 있는 경기장이다. (중세) 기사들의 결투 방식은 크게 세 가지 정도로 나눌 수 있는데 쥬스트는 그 중 2인 결투를 칭하는 말이다. 트랙의 양쪽 끝에서 말을 탄 두 명의 기사가 창을 들고 달려와 맞붙는 장면은 영화에서 자주 등장하기 때문에 어렵지 않게 떠올릴 수 있다. 트랙과 함께 관람석까지 있으며 매년 6월이면 기사 혹은 의적을 기리는 축제를 하는데, 그때 마상시합은 물론이고 여러 가지 중세적인 퍼포먼스를 볼 수 있다고 한다.

하지만 이름의 기원, 역사 속 등장인물을 모르고 봐도 성은 경이롭고도 경이롭다. 지금도 찾아가기 힘든, 이 아름답고 아름다운 산속에 수백 년 전 어떻게 120미터가 넘는 성을 만들었는지 놀라울 뿐이다. (실제로 포스토이나 동굴에는 관광객이 많지만 성에는 관광객이 많지 않다. 대중교통으로 가기가 거의 불가능하기 때문이다.)

성이 동굴보다 좋긴 좋지만 솔직히 말하자면 성안에 들어가는 것은 별로다. (물론 이미 들어가봐서 하는 말이기는 하다.) 개인적으로는 안보다는 밖이 좋다.

물론 성안에도 관광객을 위한 볼거리들이 많은 편이긴 하다. 방들을 둘러보는 것도 흥미롭고 마네킹으로 중세시대에 성안에 살았던 사람들의 생활 모습을 재현한 것도 나쁘지 않다. 무엇보다도 성과 동굴이 연결된 통로는 출입 금지를 해제하고 들어가고 싶게 만든다. 성안의 좁은 통

◆ 슬로베니아에서 가장 유명한 관광지인 포스토이나 동굴에 가려는 사람들에게 빠짐없이 프레드야마 성도 가보라고 권한다. 그 이상도 그 이하도 말하지 않는다. 세상에는 보지 않고는 도저히 이해할 수 없는 것들이 많기 때문이다. 프레드야마 성도 그중 하나이다.

로들과 계단들을 두 발로 느껴보는 것도 좋다. 작은 창으로 바라보는 성 밖의 풍경은 딱 절경이다.

그럼에도 성밖이 좋다. 성 앞에 농가 몇 채가 있는데 그 앞으로 난 작은 길을 따라 걸을 수 있다. 내리막길을 따라 걸으면 또 몇 채의 집을 만날 수 있는데 호텔이라는 간판이 붙어 있지만, 영업을 하는 것 같지는 않다. 그저 소박한 시골집이다. 작은 시골집들 뒤로 거대한 성이 보인다. 그 뒤로는 더 거대한 절벽이 보인다. 소박한 산골 시골집 뒤로 보이는 웅장한 성과 절벽은 무언가를 상상하게 한다. 의적의 성을 배경으로 사는 시골 사람들의 일상은 어떨까? 이곳 사람들은 언제부터 여기에 터를 잡고 살았을까? 성안에서 성밖에서 수백 년간 벌어졌던 수만 가지 사건들을 두서없이 상상한다. 성밖에서 성안에서 수백 년간 벌어질 수만 가지 일들도 상상해본다. 음모와 배신이 있었겠지. 그리고 사랑과 이별이 있었고. 그리고 앞으로도 그렇겠지.

이런저런 이유로 포스토이나 지역에 꽤 많이 간 편인데 그때마다 프레드야마 성에 들른다. 성 앞 유일한 식당에 앉아 성을 보며 식사를 하기도 하고(비싸지 않고, 사람이 많지 않다), 성 앞 완만한 경사로에서 보드를 타기도 하고(역시 사람이 많지 않아 민폐를 끼치지 않는다), 마을의 끝까지 걸어가보기도 하고(마을로 내려가는 관광객을 한 명도 보지 못했다), 마상 시합 경기장 관람석에 앉아 멍하니 성을 바라보기도 한다(가끔 관람석에 앉아보는 사람들이 있긴 하지만 이 역시 드물다). 밖에서 보는 성이 좋다.

자연이 만든 것보다는 인간이 만든 것이 좋다. 눈보다는 머리로 보는

◆ 포스토이나 동굴은 그 자체로 굉장하지만, 동굴 앞 카페 또는 벤치에 앉아 책을 읽기에 단연 탁월한 곳이다. 날씨가 좋으면 좋은 대로, 날씨가 나쁘면 나쁜 대로 오묘한 매력이 있다. 하긴 언제 독서가 매력이 없었던 적이 있나?

Ven

것이 좋다. 너무 가까이서 보는 것보다는 조금 떨어져서 보는 것이 좋다. 그것이 포스토이나가 내게 가르쳐준 것들이다. 아내도 대략적으로 내 생각에 공감한다. 정말 다행이다. (하지만 처음 오신 분들 반드시 성안에 들어가보세요. 동굴도 반드시 보셔야 합니다. 아무튼 포스토이나로 오세요!)

◎Walking Sound Track

〈다행이다〉 by **이적**

그래, 여러모로 참 다행이다.

Zgoščenka_
슬로베니아어로 '음반'이라는 뜻입니다.
물론, CD라고 해도 모두들 알아듣습니다.

음반 사러 가는 길

두말할 나위 없이 전 지구적으로 음반 산업의 위기다. LP의 경우 소량 주문 제작이 (오히려) 인기를 얻고 있는 반면, CD는 그야말로 멸종을 목전에 두고 있는 것 같다. 이제 도심 거리에서 음반 가게를 발견하는 일은 번데기 장수를 만나는 것만큼 어려운 일이 되어버렸다. 그래서인지 음반 가게에 갈 때마다 내가 특별해지는 느낌이 든다. 평일 오전에 보고 싶은 그림이 있어 한적한 국립미술관을 찾는 느낌이랄까? 더군다나 인구 30만도 안 되는 이 작은 도시에서 음반 가게를 찾는 일은 더더욱 나를 특별하게 만든다.

트루바르예바Trubarjeva 거리에 재즈 앤 블루스Jazz and Blies라는 음반 가게가 있다. 트루바르예바 거리는 프레셰렌 광장 동편으로 길게 뻗은 길이다. 이 거리는 크게 세 부분으로 나눌 수 있다.

첫째, 관광객들이 많이 찾는 시내에서 가까운 지역.

둘째, 유럽에서 흔히 볼 수 있는 현지인들이나 갈 법한 카페와 식당이 좁은 골목에 드문드문 있는 지역.

셋째, 자동차가 다닐 수 있는 더 넓은 도로가 있는 지역.

재즈 앤 블루스는 두번째 지역에 있다. 인적은 드물고 자동차는 (다닐 수) 없다. 음반 가게는 마치 태곳적부터 그 거리에 있었던 것처럼 자연스럽게 녹아 있다. 보호색이라도 가지고 있는 것처럼 말이다. 그래서 무심코 지나가기 '딱'이다. (물론 무심코 지나갈 만큼 작기도 하다.) 가게 이름처럼 주로 재즈와 블루스 음반을 파는 곳이다.

가끔 그곳에 가서 음반을 사거나, 사지 않고 그냥 듣거나, 주인장과 수다를 떤다. 수다 내용은 그럭저럭 재즈 이야기, 너무 당연한 음반 산업의 회생 불가능함에 대한 한탄 릴레이.

집에서도 일터에서도 재즈 앤 블루스까지 가는 길은 멀지 않다. 주인장과 가게에서 재즈를 듣는 것만큼이나 가는 길에 재즈를 들으며 걷는 것도 좋다. 일터에서 가는 길이 더 아름답지만 집에서 가는 길을 더 선호하는 편이다.

일터에서 재즈 앤 블루스까지 가는 길에는 예쁜 볼거리가 많다. 강이 보이고, 성이 보이고, 광장이 보이고, 노천카페에 앉아 여유를 즐기는 사람들이 보인다.

하지만 집에서 가는 길은 일상을 지나쳐야 한다. 건물들이 보이고 신호등과 횡단보도를 여럿 지나야 한다. 강변의 자전거들과 도심의 자전거들은 확실히 그 표정이 다르다. 커피를 들고 분주하게 어딘가로 향하는 이들이 보인다. 강가의 커피와 도심의 커피 향도 다르다.

생각해본다. 어쩌면 재즈는 내게 여유로움보다 일상에 더 가까운 음악일지도 모르겠다. 늘 곁에 있어야 하는, 늘 곁에 있었으면 좋겠는, 그래서 그게 어울리는.

(어쩌다가) 학창 시절부터 재즈를 좋아하게 되었는데 결혼 전까지 집에서 마음대로 재즈를 들을 수가 없었다. 예를 들면 거실에서. 동생은 재즈를 들으면 머리가 아프다고 했고, 난 그럴 리가 없다고 다독거리며 잘 들어보면 기분이 좋아지는 곡도 많다고 했지만, 동생은 진지하게 양해를 구했다.

나름의 결론은 재즈는 세상 모든 사람이 좋아할 수 있는 음악은 아니구나, 하는 것이었다. (내가 좋아하는 것을 세상 모든 사람이 다 좋아하는 것은 아니구나. 심지어 핏줄인데도.) 그래서 나중에 재즈를 좋아하는 여인과 결혼을 해서 거실에서 마음껏 재즈를 들어야겠다는 결심을 하기에 이르렀다.

이십대 중반, 한 여인을 만나고 있었다. 데이트 비슷한 것이 이어지던 어느 날, 나는 그 여인에게 물었다.

—좋아하는 음악이?

여인은 1초도 망설이지 않고 '마일스 데이비스'라고 했다. 난 귀를 의심했다. 세상에 마일스 데이비스를 좋아하는 여자라니! 대부분 여자들은(남자들도) "좋아하는 음악이 뭐냐"고 물으면 이런 반응을 한다. "장르요?" "가수요?" 혹은 즉답을 피하고 자기가 돋보일 만한 대답을 궁리한다. 그때까지, 또 지금까지도 좋아하는 음악이 뭐냐는 질문에 이렇게 시원스럽게 대답하는 사람은 만난 적이 없다.

◆ 재즈 앤 블루스의 마테이 게르젤리Matej Gerželj은 친절이 하늘을 찌른다. 처음 가게에 방문해 슬로베니아 재즈를 추천해달라고 하자, 알았다면서 새 앨범을 무려 세 장이나 뜯어서 들려줬다. 살 생각이 없다고 했음에도 그냥 들어보라면서. 망하지 않는 것이 신기할 지경. 그래서 가게 앞을 지날 때마다 기도한다. 제발 망하지 말길!

당연히 난 귀를 의심했다. 귀는 의심했지만 그 여인에 대해선 확신이 생겼다. 마일스 데이비스를 좋아한다는 것은 재즈의 J는 물론이고 A, 그리고 Z, 또하나의 Z마저도 이해한다는 뜻이니깐. 실제로 아내는 당시 〈카인드 오브 블루Kind of Blue〉 앨범을 듣고 있었다. 난 그때 무지하게 흥분한 상태였고 이런 결심을 하기에 이르렀다.

기필코 이 여인과 연인이 되리라!

결국 난 이 여인의 애인이 되었다. 그리고 종국에 이 애인은 나의 부인이 되었다. 두말할 나위 없이 그뒤로 재즈를 더 좋아하게 되었다. 결혼한 뒤 집에서 큰 소리로 재즈를 들을 수 있게 된 건 너무도 당연했고 말이다.

그리고 음반의 멸종을 막기 위해 아직도 재즈 CD를 사곤 한다. 사온 음반을 집에서, 차에서 행복감에 젖어 함께 듣기도 한다. 물론, 이런 (멋진) 아내 덕분에 음반 사러 가는 길의 내 어깨는 한결 가볍다. 세상에는 남편의 취미를 이해 못하는 아내들이 프랜차이즈 커피숍만큼 많으니.

나중에 알게 된 사실이지만 아내는 재즈 전반에는 크게 관심이 없었고 그저 마일스 데이비스 '만' 좋아했다. (심지어 아내는 존 콜트레인조차 몰랐다고 한다.) 우연히 혹은 운명적으로 나와 연애할 즈음에 음반 가게 아저씨가 마일스 데이비스의 앨범을 추천했고, 들어보니 나쁘지 않아 내게 마일스 데이비스를 좋아한다고 대답했던 것이었다.

신기한 일일 수도 있고 이상하게 들릴 수도 있겠지만 그럴 수도 있다고 믿는다. 마치 내가 중국 음식에 대해선 잘 모르지만 짜장을 기막히게 좋아하는 것처럼 말이다. 그리고 난 언제든지 중국 음식을 맛있게 먹은 준비가 되어 있다. 이름 따위는 몰라도.

음반 가게에 갈 때마다 아내에게 마일스 데이비스 앨범을 추천해준 음반 가게 아저씨도 생각한다. 감사하기도 하고. 물론 그 시절 풋풋했던 우리의 '더' 젊은 시절도 추억한다.

오늘은 오랜만에 아내와 마일스 데이비스를 들어야겠다.

◎Walking Sound Track

〈Attic Dance〉 by Atanasovski, Golob, Levačič Trio
마일즈 데이비스 대신 '재즈 앤 블루스' 사장(님)이 강력 추천한 슬로베니아 재즈를!

◆ 재즈 앤 블루스 맞은편에 있는 실험의 집Hiša eksperimentov은 아이들의 놀이터이다. 과학실험을 하면서 노는 곳인데, 들어가고 싶었던 적이 한두 번이 아니다. 막상 들어가면 별다를 곳도 아닌데 사람의 호기심이란 참.

Že_

슬로베니아어로 '이미'이라는 뜻입니다.
사람들은 항상 '이미' 시간이 많이 흘러버렸다고 생각합니다. 하지만 늘 우리에겐 '아직' 긴 시간이 남아 있지요.

단골 카페에 앉아

류블랴나 대학 인문학부가 있는 림스카Rimska 거리에는 학생들이 즐겨 찾는 핫플레이스가 몇 군데 있는데 그중 가장 핫한 곳은 주마우츠Žmauc이다. 그곳은 늘 젊은 학생들로, 영혼이 자유로워 보이는 손님들로 바글바글하다.

옆엔 그다지 '핫'하지 않은 바라북Barabuk이라는 북카페가 있는데 그곳에 가면 겉은 젊지 않지만 속은 젊다고 우기는, 영혼은 그 누구보다도 자유롭다고 외치는 빡빡머리 아저씨 한 명을 만날 수 있다.

바라북은 나의 단골 카페이다. 그곳에 앉아서 시간을 보내는 것을 좋아한다. 에스프레소를 1.1유로면 마실 수 있고 몇 시간씩 앉아서 '멍'을 때리고 있어도 나가라고 눈치를 주는 종업원도 주인장도 없어서 좋다. 대부분의 경우 재즈가 흘러나와 헤드폰을 벗어두고 음악을 즐길 수 있어서 또 좋다.

책을 읽기도 하고, 수업 준비를 할 때도 있고, 한국에 있는 친구들과 채팅을 하기도 하고, 소설이나 에세이를 쓰기도 한다. 하지만 대부분은 그냥 이런저런 생각들을 한다. 그냥 이런저런 생각들이 머리를 들락날락하게 내버려둔다.

단골 카페는 생각의 환풍구 같은 곳이다.

며칠 전 평소처럼 카페를 찾았다. 종업원은 주문도 하기 전에 나를 발견하고는 에스프레소를 내리기 시작했다. 난 늘 앉던 창가 옆, 다리가 긴 의자에 앉아 다리를 앞뒤로 흔들며 창밖을 멍하니 바라보았다. 이런저런 생각이 머릿속을 들락거렸다. 이미 가을이 코앞에 온 것 같았다.

그러고 보니 류블랴나에 이미 가을이 왔네. 그러고 보니 나도 이미 작가가 된 지 10년이 넘었네. 그러고 보니 부모님께서 내가 늘 교수가 되길 바라셨는데 어쩌다가 이미 교수도 되었네. 그러고 보니 사랑하는 사람을 만나도 결혼은 절대(!) 못할 줄 알았는데 천운(?)으로 이미 결혼까지 했네. 그러고 보니 날 닮은 자식을 낳으면 끔찍할 줄 알았는데 날 닮았는데도 내 눈에는 끔찍하게 예쁜 딸까지 이미 있네. 그러고 보니 난 이미 행복한 사람이네. 정말 그렇게 말할 만하네. 더군다나 볕이 좋은 오후, 한적하게 유럽의 단골 카페에 앉아 한가롭게 '멍'까지 때리고 있네. '이미' 모든 것을 가진 채로.

이미 모든 것을 다 가진 나는 앞으로 무엇을 해야 할까? 이미 이렇게 내 생은 적당히 끝나가는 것일까? 남은 삶은 그저 멍만 때리면서 흘려보내면 되는 걸까?

(남자) 종업원이 웃으며, 에스프레소를 테이블에 내려놓았다. 그때 스

탠리 조던Stanley Jordan의 〈어텀 리브스Autumn Leaves〉가 흘러나왔다. 언젠가 했던 생각이 떠올랐다.

—당신은 나중에 어떤 사람이 되고 싶습니까?

혹시 누군가가 내게 이렇게 묻는다면 난 이렇게 대답할 생각이었다.

—스탠리 조던의 〈어텀 리브스〉 같은 사람이 되고 싶습니다.

첫 음부터 당신을 사로잡을 수 있는 사람. 경쾌함으로 당신의 어깨를 들썩이게 만들 수 있는 사람. 함께 연주하는 사람도 빛이 나게 하는 사람. 클래식을 이해하는 사람. 오래, 많이, 자주 들어도 질리지 않는 사람. 무엇보다도, 아무도 따라할 수 없는 그런 사람.

다시 이런 잡생각을 하면서 에스프레소를 홀짝거렸다. 가을 재즈는 사람을 요상하게 만드는군. 그렇게 한참 잡생각들을 한 뒤 커피값으로 동전 몇 개를 지불하고 카페를 나왔다. 이런 생각이 들었다.

그러고 보니 아내와 함께 단골 카페에 온 적이 없구나. 그래, 그 무엇보다도 우선 아내와 함께 커피를 즐길 수 있는 사람부터 돼야겠다. 그리고 그다음에 어텀 리브스가 되든, 윈터 리브스가 되든 해야지. 서둘러야겠다. 이 가을의 단풍이 다 떨어지기 전에. 림스카 거리에 이미 낙엽들이 굴러다니기 시작하니깐. 추운 걸 질색하는 아내를 겨울에 꼬여서 데리고 나오는 일은 참으로 곤혹스러우니까.

◎Walking Sound Track

〈Autumn Leaves〉 by Stanley Jordan

가을이 아닌, 언제 들어도 좋은. (그런 사람이 되고 싶네!)

◆ 집에서 멀어서 자주 갈 순 없지만, 그래봐야 차로 10분 거리이지만, 류블랴나에서 가장 좋아하는 동네, 토마체보Tomačevo. 차보다는 자전거가 어울리는 곳. 물소리가 졸졸졸 잘도 들리는 곳.

◎Walking Sound Track_Play List

★유튜브에서 '아내를 닮은 도시'를 검색하시면, Walking Sound Track 모든 곡을 감상하실 수 있습니다.

25 〈Ready to Go〉 by 더 타이드The Tide

A 〈경성연가〉 by 레나타 수이사이드

B 〈악마의 트릴〉 by 주세페 타르티니

C 〈Breeze in My Mind〉 by 유니스 황

Č 〈내가 꿈꾸는 그곳〉 by 윤진서

D 〈삐딱하게〉 by 지드래곤

E 〈나랑 산책할래요?Vietato Fumare?〉 by 델리스파이스

F 〈꿈속에서〉 by 오경자

G 〈The Destruction of the Shell껍질의 파괴〉 by 넥스트

H 〈Fly away Home〉 by 윤지희

I 〈나비야 청산 가자〉 by 최수정

J 〈바다를 접어〉 by 카마

K 〈Dancing in Your Head〉 by 오넷 콜맨Ornette Coleman

L 〈Don't Know Why〉 by 노라 존스Norah Jones

M 〈Odd Wind〉 by 누빔

N 〈직장인의 노래〉 by UMC/UW유승균

O 〈Happy Things〉 by 제이레빗

P 〈쉬는 법을 잊었네〉 by 김동우

R 〈No Surprises〉 by 라디오헤드

S 〈변호인〉(영화 〈변호인〉 OST 중) by 조영욱

Š 〈Waltz for Debby〉 by 빌 에반스Bill Evans

T 〈철가방을 위하여〉 by 철가방프로젝트(박광호)

U 〈Remember you〉 by 메이세컨

V 〈다행이다〉 by 이적

Z 〈Attic Dance〉 by Atanasovski, Golob, Levačić Trio

Ž 〈Autumn Leaves〉 by Stanley Jordan

당신만의 Walking Sound Track을 만들어보세요.

당신이 걸었던 그 길 위에서 들었던 음악은 추억 재생기가 됩니다.

"맞아! 이 음악을 들으며 그 거리를 걸었지!"

길 위에서 들었던 음악을 다시 듣는 순간,

당신의 눈앞에 그날의 그 길이 다시 펼쳐집니다.

작가와의 수다권 + 녹용군과 사진 촬영권 + 에스프레소 시음권

책 들고 류블랴나에 오시면, 작가와 직접 수다를 떠실 수 있고, 녹용군과 사진도 찍으실 수 있고, 작가가 커피도 쏩니다.

진짜, 진짜, 진짜예요!

★단, 사전 예약 완전 필수입니다.

예약문의: oddyoong@naver.com